魔術專賣店 1

消失的錢幣

作者 凱特・依根
& 魔術師麥克・連
插圖 艾瑞克・懷特
譯者 謝靜雯

目錄

人物介紹

麥克·威斯

剛升上四年級，爸爸媽媽都在大學教書。最喜歡的遊戲是猜謎。考試時，有時會忍不住在教室中走來走去；或是上課常常會分心。與坎菲德老師有個祕密暗號，當麥克「不在軌道上」，或是不小心的犯錯時，就得離開教室，去找校長史考特小姐，因而成為校長室的常客。

諾拉·芬恩

麥克的新鄰居，也是新轉學過來的四年級學生。她是個天才女孩，學業、運動表現都一級棒，無時無刻都可以看到她拿著書閱讀。她最喜歡的遊戲是拼字遊戲，最喜歡的運動是足球。

傑克森·賈克柏

麥克的死對頭。身高160公分，比同年級的同學還高。是足球隊中的風雲人物，不管是友誼賽，或是練習時，總是追求勝利。

喬·哲林

曾經是魔術師，目前經營白兔商店，販售各種古董，也販賣魔術道具。有時會在白兔商店舉辦魔術大師講座，因此白兔商店成為業餘魔術師同好的聚會場所。

獻給琴，她曾經揮動她的魔法棒……

——凱特·依根

獻給艾芙琳，她對我說的最後一句話是：「你會給他們一點顏色瞧瞧的。」她始終這麼相信著。

——麥克·連

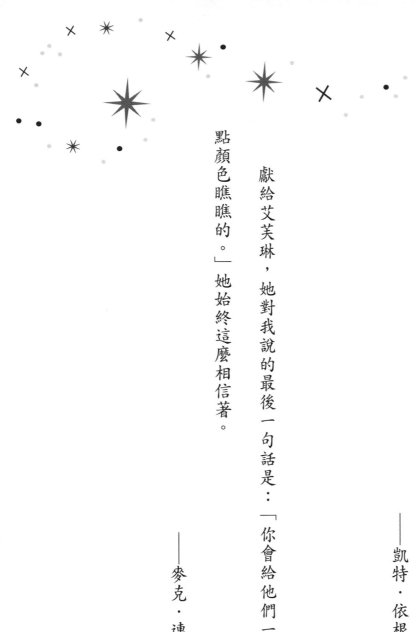

第一章

又惹麻煩了

九歲的麥克·威斯在校長室外面的硬椅子上坐了下來。四年級本來應該是一個全新的開始，他卻又回到了老地方。從幼稚園開始，他每星期至少會惹上一次麻煩。

他不是個壞孩子，沒有惡意，也從未傷害過任何人。他只是沒辦法靜靜坐好。有時候，他會不由自主做一些事情。像是數學小考的時候，他站起來走來走去，其實他沒打算偷看別人的考卷，他只是非得起來動一動不可！不過那是違反規定的，但他沒理會老師的警告，於是就來校長室報到了。

暑假期間，他一直在想辦法練習在課堂上靜靜坐好，他爸媽把這些方法稱為「對策」。這些對策有時有效、有時沒效。不過，看來這些對策也沒辦法完全改變他在學校的處境，真是不公平。

校長室的門關著，她正在講電話。門隨時都可能被用力打開，同一套流程又會上演一遍：打電話給他爸媽、講講違規的後果、擬訂一套計畫。

麥克頻頻踢著椅子底部的桿子，直到學校祕書瓦倫太太抬起頭望著他。然後他垂眼盯著地板，腳下的地毯上禿了一塊，地毯是被他蹭薄的嗎？

瓦倫太太的辦公桌上有罐糖果。麥克不應該吃糖，可是才一小塊不要緊吧？他起身拿了一顆水滴巧克力，吃掉之後就覺得好過一點。瓦倫太太從來都不會介意這些，她通常把管教學生的事留給校長處理。

「你今年的導師是誰啊？麥克？」她和藹的問。

「坎菲德老師，」他回答，「她人好像不錯。」這也是他的真心話。直到幾分鐘前，他原本以為坎菲德老師或許能夠瞭解他。

「你會很喜歡她的！」瓦倫太太說著，便開始發通知單到老師們的信箱，「她只是需要多認識你一下。」她補充。瓦倫太太對麥克的問題瞭若指掌。她說她有個兒子跟他很像，連棕色眼睛跟亂七八糟的頭髮也很相似。

幾個一年級學生拿著出勤表走了進來，盯著他看，好像把他當成某種罪犯。這已經夠糟的了，麥克接著又聽到有個班級正穿過走廊——四年級導師帶隊，提醒孩子們前往藝術教室的路上要保持安靜。麥克想趕在他們路過以前，躲進辦公室的檔案櫃後面，可是慢了一步……

「麥克！」有個女生叫他，她腦後的馬尾正彈上彈下搖動著。

「嘿，諾拉。」麥克低聲回應。她們家最近搬到他家隔壁，而且她跟他同年——真倒楣。

「你生病、要回家了嗎？」諾拉問。她永遠不會為了任何原因被送到校長室來。諾拉多才多藝——他媽媽跟他說過——她需要上特殊的課程，去做更具挑戰性的作業，她一定有辦法靜靜坐在課桌前。

麥克覺得，諾拉看起來跟大多數小孩沒什麼不同。她很友善，喜歡玩手球。要不是因為知道她不管嘗試什麼都很拿手（就這點來說，他們兩人絕對不同），他也許對她會有點好感。

「也不算生病啦……」他說。好難解釋啊，幸好諾拉的老師催她往前走。

「放學見嘍！」她邊說邊揮手道別。

麥克東張西望，確定沒人聽到。那是個新的安排，他希望不會持續下去——他跟諾拉不算朋友，可是他們的爸媽是。諾拉全家搬

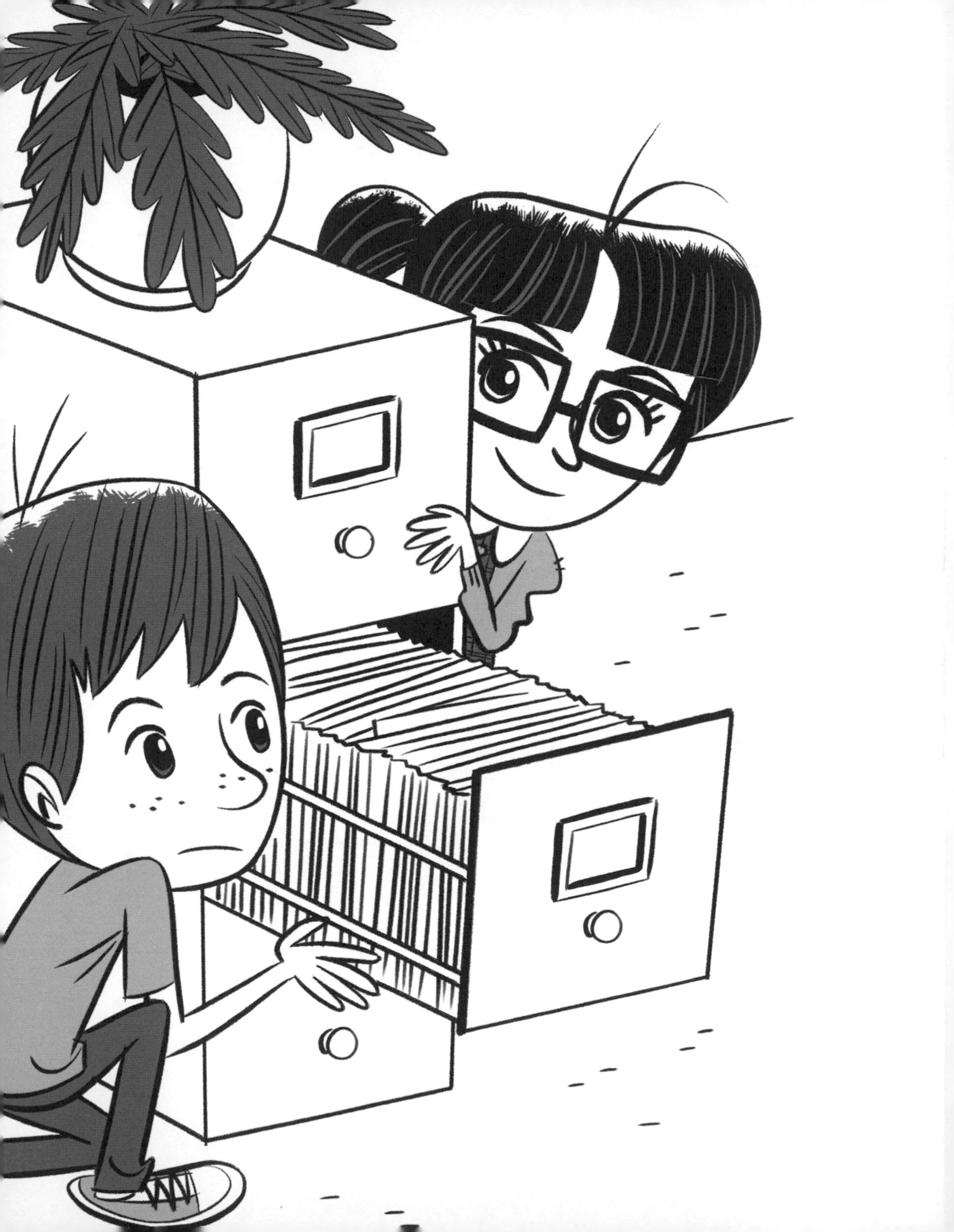

來的那天，兩邊家長一見如故，他們在後院才烤了兩三次肉，兩家的媽媽就醞釀出一項計畫——在孩子放學後互相支援幫忙。

雖然兩家的爸媽都能彈性運用時間，但不一定都有空在三點鐘去接孩子放學。所以現在諾拉在她爸媽忙不過來的時候，會去麥克家；而麥克在他爸媽難以分身的時候，就會來諾拉家。其實他今天就要去諾拉家——又要在她家度過一個吃生菜當點心、不能看電視的「有趣」下午。

校長室的門還是關著，瓦倫太太正在重新煮一壺咖啡。麥克很納悶自己的媽媽跟諾拉的媽媽平時都會說些什麼。如果諾拉是多才多藝，那他是什麼？什麼是「多才多藝」的相反呢？

這個念頭讓他火冒三丈，所以沒注意到辦公室門口的一道陰影。那不是校長，而是比校長更糟糕幾倍的人——傑克森．賈克柏，他是麥克打從出生以來的敵人。傑克森正搖著腦袋，「不會又來了吧！」傑克森說，「開學第一週耶，老天，你就已經闖禍了喔？」

去年，傑克森跟麥克編在同一班。麥克整個暑假都沒遇到他，雖然他們住在同一個社區。看來傑克森參加夏令營期間竄高了三十公分左右。

傑克森向來都知道怎樣惹毛麥克。「嘿，足球練習的時候，你跑哪去了？」傑克森問。難得一次，他等著聽麥克回答。

麥克嚥嚥口水，「我今年不踢球了。」他說。

「不踢了？」傑克森愕然的說，「可是你向來都是參加足球隊的啊。查理跟札克都還在踢耶，我在球場上看到他們了。」

為了這件事，麥克的死黨查理跟札克已經唸他半天了，他們兩個今年分在同一隊上，穿同款的橘色球衣，編號各是十二跟十三。

「我必須把重心放在課業上，」麥克說，「足球要花很多心力。」

「是你爸媽說的嗎？」傑克森問，「所以跟你踢不進球門沒關係嘍？」他玩笑似的搥了麥克手臂一拳。「你有什麼毛病啊？不踢足球也救不了你的學業啊，要下更多倍功夫才夠啦！」

傑克森往男生廁所走去，笑得彷彿麥克這番話是他所聽過最好

笑的事一樣。

想當然，就在那時，校長史考特小姐終於講完電話。麥克看到門把轉動，她朝他走來。麥克坐直身子，試著擠出笑容。

「歡迎回來。」史考特校長邊說邊揮手迎他進辦公室，彷彿他是個老朋友。他在辦公桌前方的老位置坐下，她則坐進她的巨大椅子，麥克覺得自己好像回到幼兒園時。史考特校長深深嘆口氣。

「我不知道該說什麼，麥克，」她起了個頭，「學年才剛開始，現在就這樣，未免也太早了。你媽說你暑假進步了不少呢，這次又怎麼了呢？」

「我不知道，」麥克老實說，「我本來在考試，然後就覺得需要站起來。我沒有作弊或什麼的，就只是……逛來逛去。」

「我們需要想個辦法，讓你可以在學校有點成就，」史考特校長解釋，這已經不是第一次了，「你不能在考試期間晃來晃去，也不能漏掉作業不做，或是在班上無所事事。你必須找一個方法讓自己專心。」

麥克又能說什麼呢？「我知道……」他愈說愈小聲。

「我必須打電話給你爸媽，」史考特校長說，「我們一敲定日期，我和坎菲德老師就會跟他們碰個面。」

麥克的爸媽已經嘗試過一百萬種方法，要讓他「心無旁騖」——他們就是這樣說的。只要他必須開始一項新活動，他們就會設定定時鬧鈴，準時響起。他們要麥克吃健康的食物，睡更多覺。但這些方法都沒有效果。「他們一直很努力在試。」麥克輕聲說。

「我知道他們一直很努力在嘗試，」史考特校長說，「可是我知道你可以表現得更好。」

麥克終於走出辦公室。他試著往好處想。校長沒說「我對你很失望」，也沒說「你必須聚精會神」——彷彿只要扳動一個開關，他就能專注似的。她試著表達的是：她相信他的能耐，相信他真的有辦法做到。

可是在麥克腦海裡迴盪的是傑克森講過的話：「你有什麼毛病啊？」沒錯，他不能踢足球了。他沒辦法靜靜坐著，沒辦法讀篇幅長的書，也記不得數學公式，更無法好好上一個星期的課而不被送進校長辦公室。

我到底有什麼毛病啊？麥克納悶。

答案相當簡單：我不管什麼都有毛病。

第二章

白兔商店

下課鈴聲響起，麥克獨自離開學校。他之前通常和查理、札克一起走路回家，不過現在他們一星期有兩次足球練習。當麥克獨自走過他們所居住的社區時，感覺滿奇怪的，因為他認識這裡每戶人家，可是此時他卻形單影隻，獨自一人。

麥克納悶著，他缺席足球訓練的時候，朋友們都在做些什麼？是在球場上繞圈跑步？還是繞著橘色三角錐練習運球？他同時也想著，傑克森的球隊是不是也在練習。而麥克現在真的不想碰到傑克森，他只希望今天快結束。

到達諾拉家的後門，他把鞋子脫掉、留在門廊上，走了進去。諾拉家裡有很多規矩：室內不能穿鞋、不能吃有人造成分的零食、做完功課以前不能玩耍。

可是今天諾拉的媽媽芬恩太太，拿著車鑰匙站在門邊。她說：「計畫有變動，麥克，我得去看牙醫，但他只能把我的約診排進現在的時間。你跟諾拉也跟著一起去，把你的背包留在這邊，然後上車，OK？」

麥克聳聳肩後說：「好。」他很高興不用被困在諾拉家裡。

諾拉拿著媽媽的手機走進廚房。「我們在診所那邊可以玩遊

戲！」諾拉對麥克補充，「我媽說可以。」

通常爸媽是不准他們玩電動的，所以麥克開心了一下。接著他看到諾拉選的遊戲內容是拼字遊戲。他暗想，這就是她的作風。因為玩射擊遊戲是違規的……但麥克只喜歡那種遊戲。

車後座很安靜，諾拉試著拼出一個字。他們路過麥克爸媽上班的那所大學時，他盯著窗外。猜想著，他們現在正在上課。史考特校長打電話給他們了嗎？

芬恩太太往右轉，遠離市中心。她開車經過剛剛打烊的冰淇淋攤，還有水景餐廳，那家餐廳上個月才擠滿了大吃龍蝦的觀光客。

寒冷的季節即將來到。到了十一月，大家會開始「冬眠」，只有在買日用品時才會出門。緬因州的冬天暨黑暗又神祕，卻是麥克最喜歡的時節。

諾拉把手機遞給他。她用了七個字母，拼出「erasers」（橡皮擦）這個字，「把字母用光，可以得五十分，」她說，「換你了。」

麥克拿到的字母都是母音，有什麼字是全部用母音組成的呢？也許諾拉知道，可是他就是不曉得。他很討厭自己看起來很傻。

麥克在椅子上不安的動來動去，滿腦子都是煩惱焦慮，找不到一點自在的思緒。校長、爸媽、傑克森、諾拉、拼字遊戲，每件事都讓他坐立難安。

當他們抵達牙醫候診室時，裡頭還有幾個病人，辦公桌前的一個女人忙得不可開交。「是，芬恩太太，」她說，「我知道我之前說『現在』輪到你，可是你前面還有兩個病人在排隊……」

麥克敲著椅子扶手時，那些病人怒瞪著他。諾拉用手肘推推他。「你要拼的字呢？」她問，語氣就像老師。

「這次先跳過，」他說，把手機交給她，「我要放棄這次的關卡，等下次有其他的字母再玩。」

「你知道這樣就要扣分吧？」諾拉問。

「我現在連一點分數都還沒有啦！」麥克生氣的說。

他轉向旁邊桌上的一疊雜誌。

電影、時尚、運動、釣魚……，麥克翻著那整疊雜誌，想找點有趣的東西。不過，連這樣都會發出太多聲音。

「噓噓噓噓……」某人低吟

著。麥克使勁放下一本雜誌，愈來愈生氣。

諾拉站起來。「我們可以去散步嗎？」她問媽媽，「就在街角那邊？」

諾拉趕在她媽媽回答以前急著補充說明：「我們十分鐘後就回來，也不會跟陌生人講話。拜託，我們必須離開這裡。」不知怎的，她知道麥克就快爆炸了。

麥克深深吸了口戶外的涼爽空氣，感覺馬上變好。有時候，他就只是需要換個地方。

他跟著諾拉沿著安靜的街道行走，沒有什麼動靜。街角的乾洗店打烊了，髮廊裡只有一個顧客；過了一會兒，諾拉停在一間從未見過的奇怪商店前面。

門上的告示看起來好像已經掛了一百年似的，上頭用手寫字體寫著：

可是店門口卻有一塊全新的迎賓踏墊，上頭鮮紅色字寫著「相信」。麥克想不通那是什麼意思。

「相信什麼？」諾拉說，「相信大家會來這裡買東西嗎？」

這是幾個小時以來，麥克頭一次綻放笑容。「我們去看看吧。」他回答。

他們踏進店裡時，一陣鈴聲響起，可是沒人出來迎接。諾拉跟著麥克走進一間放滿媽媽會說是古董，但爸爸會說是垃圾的房間。那裡有舊鏡子、有凹痕的行李箱、缺罩子的檯燈。麥克在一張桌子上的灰塵裡寫下自己的名字。

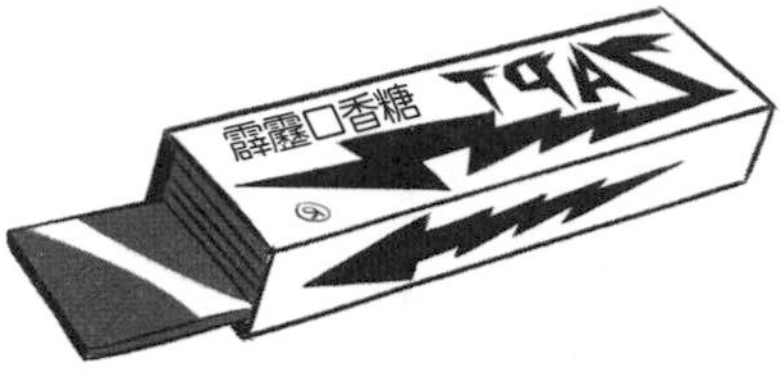

靠近後面的架子上，放了幾樣販賣中的酷東西。整人放屁墊、會消失的墨水、裝在罐子裡的彈簧蛇，全是惡作劇跟戲法。麥克心情馬上好轉，誰想得到鎮上竟然有惡作劇商店？

「想吃口香糖嗎？」他問諾拉，從架上拿一包口香糖給她。她伸手去拿突出的那一片，結果隱藏的彈簧壓住她的手指。很多女生遇到這種情況就會放聲尖叫，結果諾拉卻是哈哈大笑。多才多藝的女生竟然有幽默感？麥克沒見過這種人。

麥克把雙手塞進口袋，摸到有摺痕的東西，

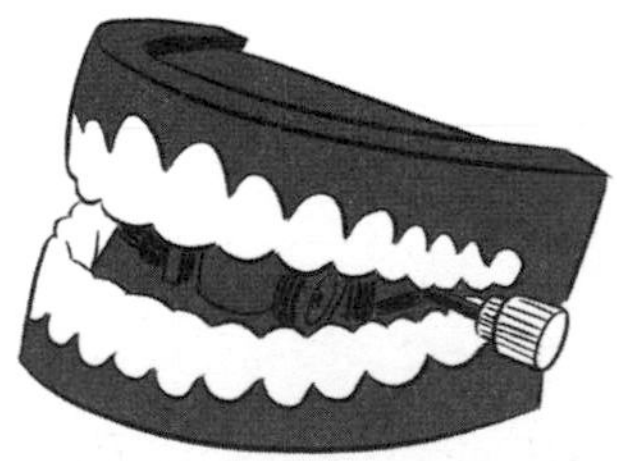

是一張五塊美金紙鈔！「你看！」他對諾拉說，「看看我們能買什麼。」剛剛她把他帶出候診室，他欠她一個人情。

她拿起一副有著鮮紅嘴唇的塑膠牙齒，旋緊發條之後放在地上，牙齒跳著越過地毯，齒顎開開合合。諾拉咯咯笑。「好像在講話似的！」她說，「或是在嚼口香糖。」

一個穿著黑色襯衫的男人終於來到櫃臺。「需要幫忙嗎？」他問。那個男人蓄著灰鬍子，頭髮張牙舞爪，彷彿受到電擊似的。當他靠近時，麥克看到有顆小銀星星在他的衣領上閃閃發光。

麥克想起應該禮貌回應：「我們要買這副會打顫的牙齒，麻煩您。」他說完，摸摸口袋找那張五元紙鈔，口袋裡竟然出現另一張五

元鈔票，現在他總共有十元了！從去年生日以來，他不曾擁有過這麼多錢。

麥克不曉得那十塊錢是怎麼出現在他口袋裡的，可是他知道該怎麼做。「我要改買兩副牙齒。」他說。

會打顫的牙齒讓麥克這個下午好過了一點。芬恩太太躺在牙科診療椅上的時候，麥克跟諾拉把牙齒玩具放在窗檯上賽跑。雖然麥克還是覺得自己像輸家，不過至少他的牙齒玩具跑贏了。

他們回到家後，麥克的爸媽嚴肅的跟他談一談話，聊到訂定界線，說起要替他找家教。狀況沒他想得那麼糟，至少沒什麼新鮮事。

晚餐過後，麥克到屋外車道上騎腳踏車。不久，傑克森騎著腳踏車繞過轉角而來，他的腳踏車比麥克的大兩倍，而且畫有火焰的圖樣。

傑克森吹噓了自己在足球練習時，比其他人快速、強壯；他還說他射門成功的球累積到一千顆了，準備要參加奧林匹克。他沒忙著欺負人的時候，就是在吹牛。

麥克恨不得他快離開。

過了一會兒，麥克說：「嘿，你知道鎮上有間惡作劇店嗎？看看我買到什麼了。」麥克從口袋裡拿出會打顫的牙齒。

這副牙齒能替麥克扭轉情勢。不過，麥克早該知道這副牙齒的力量不會永遠持續下去。他轉緊發條，放在野餐桌上，讓傑克森看它們跳。

就在這時，這副牙齒竟然裂成兩半，垮掉了。

第三章

裡頭的祕密

傑克森隔天跟大家說了前一天的事。

「要小心麥克喔！」在排隊拿午餐的時候，傑克森告訴其他人，「只要他碰過的東西，就會四分五裂喔。」

傑克森還示範一下麥克碰了新玩具，玩具馬上就壞掉的樣子。

「你們放心讓他碰托盤嗎？」他問學生餐廳的工作人員。有些孩子哈哈大笑，而麥克只想鑽進地洞躲起來。「我下課時間不出教室了。」麥克跟朋友查理說。午餐過後，他直接走回教室。

「你還好嗎？」坎菲德老師說。

「我只是想要一點平靜跟安寧。」麥克咕噥。

這一天放學，輪到諾拉到麥克家。在他家，規則有點不一樣。主要是別吵麥克的爸媽，因為他們總是在電腦上忙碌著。小孩一做完功課，如果他們想要，就可以看影片。

重點是，麥克並不想。他難得一口氣就寫完了作業。他真的想再回到白兔商店去。

「你想再買牙齒玩具？」諾拉問，「真的假的？你覺得另一副會更好嗎？」

麥克只是想買點新東西，可以讓傑克森心服口服的東西。整人放屁墊就不錯，他想。「會很好玩的。」他試著說服諾拉。

他媽媽也有疑慮，「賣古董的惡作劇店？這個地方我聽也沒聽過。不過，好吧……我想我們可以去一趟……」

他們抵達白兔時，威斯太太看著櫥窗的展示，那裡有頂被太陽晒到褪色的黑色禮帽，還有一隻看起來灰撲撲的絨毛兔。

「你確定是這家店嗎？」她問，「看起來好像結束營業了。」

「就是這家店沒錯。」麥克說。「相信」的踏墊就在門前。

「這樣好了，」威斯太太說，「看到對面那家咖啡店了嗎？我會坐靠窗的座位，在那裡等你們。我可以看著你們，一面改

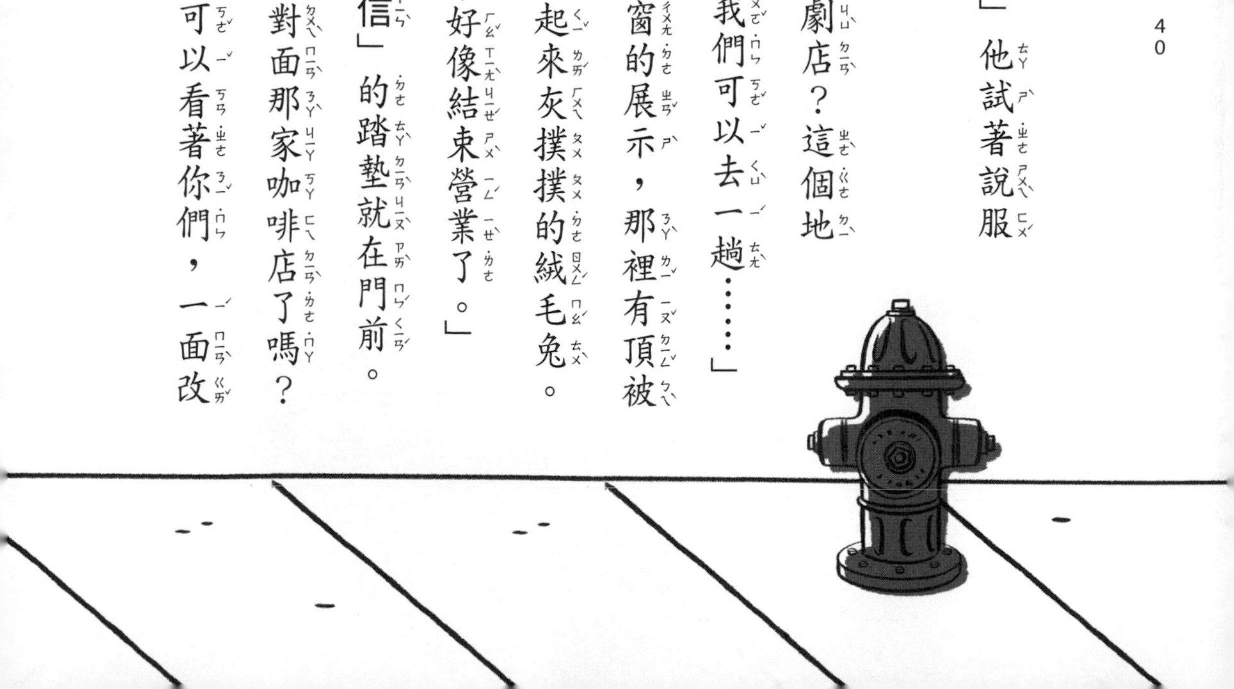

戲法
新奇東西
白兔
用品
歡迎光臨
白兔商店
營業中
相信

考卷。」

跟諾拉一起共度下午時光有個好處，麥克想，像她那樣的孩子都會得到「特別優待」。如果是他單獨一人，媽媽永遠不會放行。

那個一頭亂髮的男人就在櫃臺裡，今天他穿深藍色襯衫，胸前口袋上有一整排半月。

「還需要打顫的牙齒嗎？」男人問，彷彿他能讀透麥克的心思。

「對，上一副壞掉了，」麥克驚訝的說，「你怎麼知道的？」

「只是湊巧猜對，」男人邊說邊伸出手，「我叫喬．哲林，很高興又見到你們。」

哲林先生擦起鏡子來，麥克跟諾拉正好可以在店裡逛逛。麥克好奇著，這些老東西都是從哪裡來的，像是高高聳立、還在滴答走的老爺鐘，或是附了掛鎖的大行李箱。店裡的霉味讓他想起奶奶的家或是博物館——在那些地方，大大的聲響都可能震碎某樣寶貴的東西。

一陣子之後，麥克回到惡作劇玩具的貨架那邊，當他正在看某種塑膠嘔吐物時，諾拉站在放滿舊書的角落說：「你聽到了嗎？」她隨著聲音繞過轉角，走進短短的走廊。「這邊！」她竊竊私語。走廊通往另一個房間，是他們之前沒注意到的，聽起來彷彿有鴿子被困在裡面。

半開的房門上有標語寫著：裡頭有祕密。

諾拉看著麥克。「如果裡頭真的有祕密，門不是會上鎖嗎？」

聽起來諾拉想走進去，不過像諾拉這樣的孩子從來不違規的啊。

倒是麥克又有什麼好損失的呢？反正他老是闖禍。

「那個標語……簡直就是邀請人進去嘛！」他邊說邊推開門。他跟諾拉一起走進去。

他們發現裡頭其實不算祕密，

反而比較像是大驚喜。

房間裡有一個養著白鴿的巨大籠子，鴿子在裡面正咕咕叫著，啄著飼料。

在古董店後方找到活生生的動物，滿奇怪的；麥克起初並沒想到這點。這個房間塞滿了許多神奇的東西。

裡頭有個好大的箱子，彩色絲綢多到滿出箱外。有好幾疊紙牌、好幾桶硬幣、好幾袋羽毛；大大小小的盒子，盒裡藏著小小隔間；一排魔力八球、一區高蹺跟魔杖，還有一堆誇張的假髮。

麥克瞪大眼睛，從房間的一端走到另一端。

角落裡放著一套蒙塵的燕尾服，袖子旁垂著一條橡皮筋。一罐

「眼球」正盯著麥克，他真心希望它們不是真的。

一根巫婆的掃把懸在天花板上，還有一頂圓錐型帽子就套在假人頭上，就像巫師會戴的那種。這些東西的之間甚至擺放著一架銀色獨輪車。麥克甚至期待著它會在沒人騎的狀況下，咻咻轉動起來。他怔怔的站在原地，諾拉卻回答了他根本還沒開口問的問題。

「箱子跟鏡子，」她說，「鴿子、帽子跟兔子！天啊，這家店的

名字……我真不敢相信之前沒看出來，這裡一定是魔術專賣店！」

麥克原本覺得賣惡作劇物品店就滿酷的了，沒想到是魔術用品店。

麥克還記得之前札克的生日派對上有個魔術師。麥克當時就坐魔術師旁邊，所以可以看到魔術師在做什麼。不過，不管他怎麼仔細看，都想不通他是怎麼把東西

變不見，也弄不懂魔術師怎麼讓魔杖尾端開出花來。

也許這是麥克查個明白的好機會。

他跟諾拉在商店前側找到哲林先生。「我們知道了！」麥克說，「這裡全部都是魔術師用來表演的東西，對吧？」

「我賣的是寶物跟……戲法。」哲林先生神祕的說。

「唔……可以秀一招給我們看嗎？」麥克問。

哲林先生的眼睛一亮，笑容就跟打顫牙齒玩具一樣明亮。他從口袋抽出一盒紙牌。「這是一般的紙牌，」他說著便遞給麥克，「喏，看一下吧。」

就麥克看來，這些紙牌滿正常的；洗牌的時候，感覺也很正常。

哲林先生接過那副紙牌，花俏的手勢一揮，將紙牌拉出扇形，所有紙牌的正面朝上。突然間，他已經不是個普通的老闆，而是個表演魔術的人！

「這些紙牌沒有特定的順序對吧？」

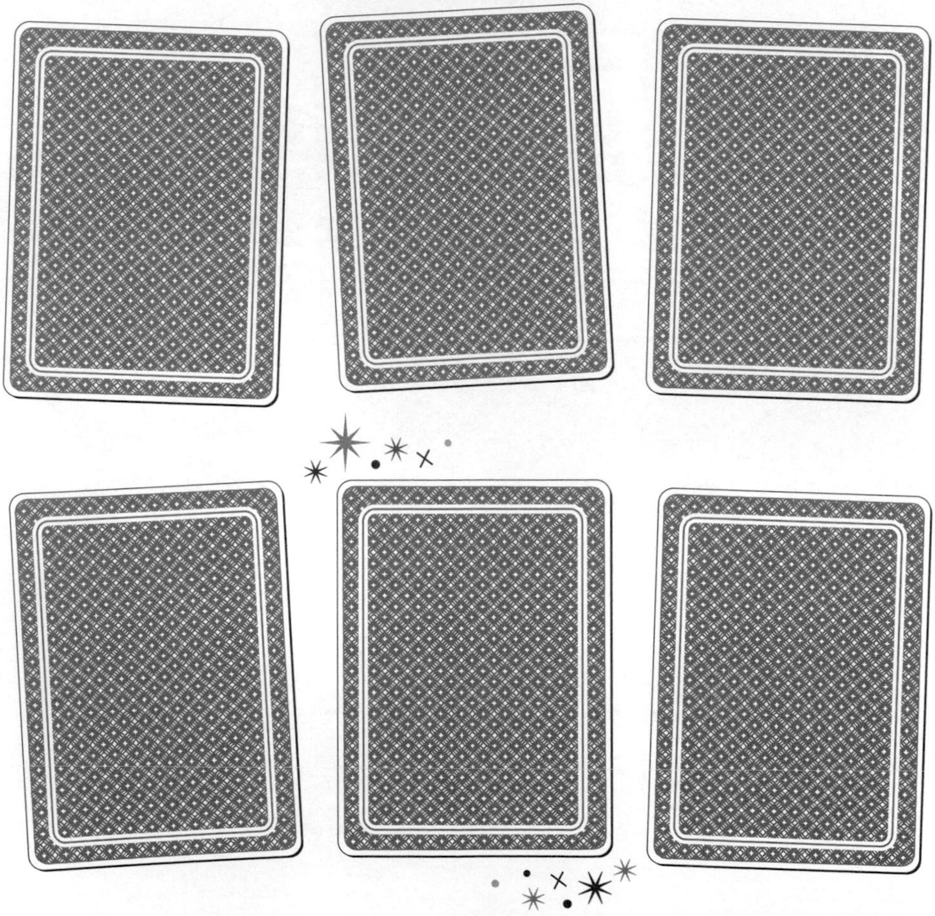

哲林先生問。麥克跟諾拉都點點頭。

哲林先生把這副牌分成兩半，並排放在桌面上。從其中一疊中抽走一張牌，放在另一疊的頂端。接著指向第一疊的下一張，告訴他們：「你們看一看那張牌，可

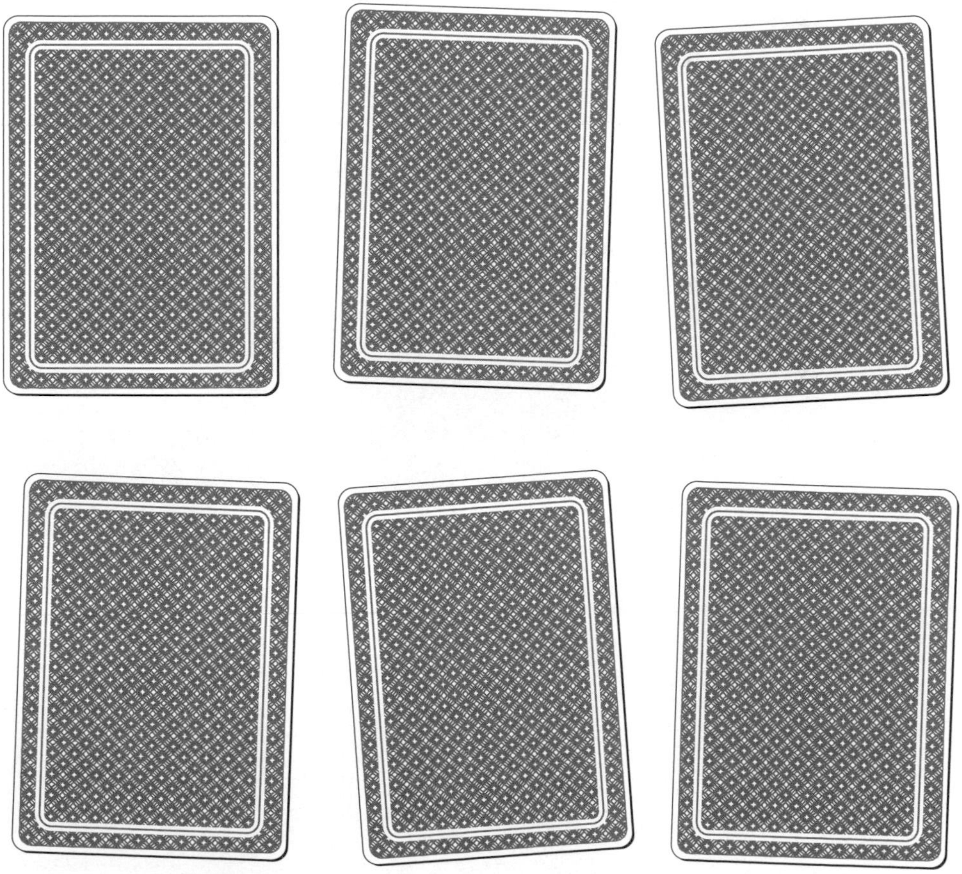

是不要讓我看到，只要記得是什麼花色就好。」

諾拉拿起那張牌後，當成學校考卷那樣小心保護著，只讓麥克看到：是黑桃三。「現在隨便插回那疊牌的某個位置，然後把所有的卡牌整理好，接著洗牌。」哲林先生告訴她。

諾拉把那張撲克牌藏進那疊牌的中間，然後把整副紙牌洗了四次，再放回去。

哲林先生跟之前一樣，把紙牌拉成扇形。「現在，看看我能不能找出那張牌來。」

他在方塊J那裡停頓一下。「不是這一張……」他邊搓著下巴，邊沉思。

他看著紅心三，接著說：「也不是這一張……」

接著往前移動，最後停在黑桃三的撲克牌上。哲林先生自信滿滿的輕拍這張牌。「就是這張，」他說，「我猜對了嗎？」

「不會吧，」諾拉震驚的說，「我是說，沒錯——那就是我抽的牌！你是怎麼辦到的？」

麥克想像，能夠做出別人都不知道怎麼做的事會是什麼感覺。如果自己身懷幾項絕招，耍酷程度就會提升不少。

「真希望我也可以這樣。」麥克脫口而出。

「也許你可以，也許你不行。」哲林先生回答。

「什麼意思呢？」諾拉問，「你不能教我們嗎？」

「我可以教『魔術師』。」哲林先生說，彷彿這句話就把事情說明得很清楚了。

「可是不管是誰都可以學魔術，對吧？」諾拉說，「又不是需要有法力還是什麼的。」

「也許需要有法力，也許不需要。」哲林先生說。

麥克也思考過這件事。在札克的派對上，麥克等著魔術師出錯、露出馬腳。可是魔術師捲著袖子，手裡什麼也沒有。就他看來，魔術師明明什麼也沒藏，但怎麼有辦法做到這些事呢？他永遠也想不通。麥克知道，魔術師不可能真的有法力……可是無法解釋他的戲法。

麥克已經滿習慣自己無法理解有些事情，可是他可以看出諾拉覺得很困擾。

「唔，你怎麼知道某個人是不是能夠變魔術？」諾拉說，「有某種測驗還是什麼檢核嗎？」

麥克知道，如果有測驗的話，諾拉肯定會得滿分。

「天機不可洩漏。」哲林先生說。

這下子，連麥克都開始希望哲林先生可以直截了當的回答他們問題了。

過了一會兒，哲林先生拋開神祕的言語。「這樣好了，」哲林先生說，「如果你們答對我的謎題，我就教你們一招。」

第四章

謎題

麥克喜歡猜謎的程度，就像諾拉喜歡拼字遊戲那樣。

如果要他回想上週學到的東西，那根本不可能。（這就是為什麼他的成績單總是滿江紅。）可是猜謎不一樣，你需要知道的一切都在你面前，只是需要換個角度來看。

如果謎題是「你要怎麼不拋東西而能『接到東西』呢？」你必須去看「catch（接、抓）」的另一個意思（註）——答案是「發燒」，跟接球一點關係也沒有。謎題的答案有時會出人意料，但同時又明顯得不得了，麥克很喜歡這點。

「我準備好了！」麥克告訴哲林先生。

「出招吧。」諾拉說。

搞不好諾拉每天早餐都做腦筋急轉彎的題目呢，麥克希望諾拉不會讓自己相對看起來很遲鈍。

「好吧。」魔術師說著，便從櫃臺底下拿出一疊紙，各發一張給麥克跟諾拉，另外附上一把剪刀。「你們能不能在這張紙上剪出一個大到可以走過去的洞？」

註：Catch又有「染上」（疾病）的意思。

糟糕，麥克心想。

「這不算謎題吧。」諾拉說。

「這是個挑戰，」哲林先生說，「如果你們兩個人要合作完成也可以。」

每個人都知道，沒有人可以跨過一張紙上的洞。即使只在周圍留下少少的邊緣，也不可能有超過麥克展開雙手的大小；或許嬰兒可以穿過那個洞，但是換成別人肯定不行。

麥克嘆了口氣，茫然的看著諾拉。他其實不想接受這個挑戰，只是想在離開這家店以前，學到一招戲法。

他在紙張上剪出一個跟索引卡差不多大小的洞——這個不行。

諾拉很安靜，因為她也想不出來。

哲林先生看著麥克。「你辨得到的。」他說。

麥克翻了翻白眼。哲林先生是個陌生人，哪會知道麥克有什麼能耐！

麥克朝那家咖啡店的方向看了一眼，他非常希望媽媽這時候可以越過街道走來。

他再次注意到店的迎賓踏墊，透過櫥窗的光線，把「相信」這個字眼照得發亮。

麥克吐了一口氣。他想，好吧，或許我辨得到的，我相信，隨便啦。

哲林先生又遞了另一張紙給麥克，那張紙已經沿著長邊對折一半。他什麼都沒說，彷彿是在傳送一則重要線索。

麥克望著那張對折的紙一會兒，一籌莫展。不知為何，他突然脫口而出：「雪花！」

諾拉看著麥克的表情，彷彿他神經錯亂了。

「不是你在冬天看到的

那種，」麥克解釋，「是上幼稚園時學剪的那種。」

麥克再折一次，然後剪了起來。「要是我能剪一個裡面有很多洞的雪花呢？如果再把那個雪花裡的枝狀物都可以剪斷，然後展開，會怎樣呢？這樣是不是可以做出比這張紙還要大的洞呢？」

「我不知道，」諾拉說，「應該是說，我不大懂你的意思。」

突然間麥克真的相信了——這就是他應付得來的那種測驗。

麥克在解謎時，可以知道自己何時離解答很接近，那是某種第六感，他的心思彷彿像是瞇起眼睛，想聚焦在某樣東西上。麥克剪這張紙的時候，就有那種專心的感覺。

他全神貫注在手頭的事情上，一反常態。既沒有蠢動不安，也不會無所事事，他嘗試自己所能想到的每個雪花剪紙圖案。

轉眼間，十分鐘過去了，麥克被雪花剪紙團團圍住。他喜歡那種奮力一搏的感覺。不過，他並沒有因此更靠近解答。

「我很抱歉。」麥克說著便放下剪刀。他就快放棄了，就像他之前曾經放棄過的那些事情一樣。

為什麼哲林先生看著他的表情，彷彿他正做對了什麼事？

「我喜歡你思考的方式，」哲林先生說，深色眼眸牢牢盯住麥克的雙眼，「這麼努力尋找就在眼前的答案，我從沒見過這麼接近這個謎題解答的孩子。」

從來沒有人跟麥克說過這樣的話，從來沒有。

「試試之字形如何呢？」哲林先生提議。

麥克不確定哲林先生真正的意思，不過他可以再嘗試一次。

麥克又沿著長邊對折一張紙，把邊緣剪成閃電的形狀，然後滿懷希望的攤開。成品是有個洞沒錯，不過不是可以跨過去的那種。

除非扭著身體，麥克想著，也許還得搭配使用瑜珈的姿勢。

麥克又拿了張紙，從摺痕處開始，在靠近頂端的地方直線剪開，到靠近開口的邊緣，他停下來思考。

接著，在剪開處下方，以相反方向再剪一道，這次在摺痕之前收手。

就這樣依序剪紙，直到上面布滿橫紋一樣的線條。接著，他小心翼翼的將紙張展開，從中央剪開，只留最頂端的橫條跟最底端的橫條沒剪。

麥克深吸一口氣，用手指剝開這張紙。它持續展開，直到成為呼拉圈的大小。哇！真的有用！他真的不敢相信自己辦到了。

「我就知道你辦得到！」哲林先生歡喜的說。

連諾拉都很佩服。「好厲害！」她說，「你怎麼辦到的？」

麥克踏進那個圈圈，然後一鞠躬。「當然是靠魔法嘍。」

身為完成這項壯舉的人，真的有種魔法般的感覺。

「重點就在很炫的剪法，對吧？」諾拉懷疑的說。

麥克現在不想細談。「所以我們什麼時候可以學那個魔術？」麥克問哲林先生。他達成了魔術師的要求，還要再等多久呢？麥克不是個很有耐性的人。

不過，狀況滿尷尬的。哲林先生看看麥克，麥克看看諾拉。諾拉其實沒有解開謎題，但她也可以學那個戲法嗎？

全部剪完以後，把紙張放在平面上，慢慢打開這張紙。然後小心的略過最頂端跟最底部的兩條紙，沿著摺線，剪開中間其他的紙條。
再次提醒：記得別剪開頂端或底部的兩條紙張。

完成上步驟後，就會發現打開紙條，並攤平後，會形成一個巨大的圓圈。

把這個圓圈往外展開，邁開步伐，穿過去……最後，一鞠躬，完成表演！

形狀移變魔術

準備一張厚紙（圖畫紙或西卡紙），沿著長邊折成兩半。

1.

注意：

在摺痕邊緣下方的 1.3 公分左右開始，從直線剪到開口的邊緣，小心不要一路剪到底。

2.

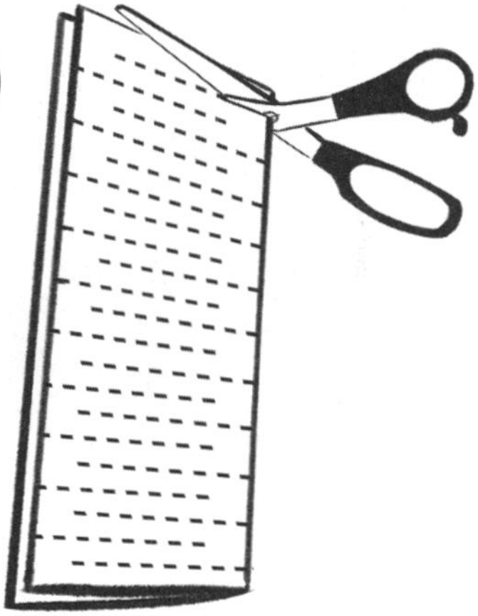

接下來，再剪另一道直線。在第一條直線下方 1.3 公分處，朝著相反方向剪。這一次，應該從開口邊緣朝著摺痕剪。同樣不要剪到底。

注意：

照這種方式依序來來回回剪裁，直到底部。最後一條直線應該距離底部 1.3 公分左右。

諾拉把帽子上的紙屑撥下來。「麥克，我去看看你媽媽能不能買個點心給我吃。」她說。

麥克看著她越過街道，有點不知所措。他這輩子從來沒機會贏過誰什麼事，但現在他覺得自己彷彿中了樂透，因為他竟然通過了這項測驗，而諾拉沒通過？

像諾拉那樣的孩子向來都有機會可以窺看幾眼神祕的成人世界樣貌。不過，魔術師也有屬於自己的祕密俱樂部。在諾拉離開店裡之後，哲林先生就讓麥克首次瞧一眼那個神祕的世界。

「我們從基本的東西開始吧，先學飄浮杯子魔術。」哲林先生說。

哲林先生是個細心的老師，絕對比麥克的前一位足球教練好。

BELIEVE

「就是這樣，」哲林先生說，「不是那樣……比較像是這樣。」他稍微扭轉他的手，示範給麥克看。才幾分鐘，麥克已經可以讓紙杯懸浮在半空中。

哲林先生向麥克示範如何對著鏡子練習，這樣就可以看到觀眾會看見的景象。他告訴麥克，麥克最後一定可以克服自言自語的彆扭感覺。「魔術師最好用這種方式來練習彩排。」他說。

他教麥克怎麼向觀眾解釋，自己下一步要做什麼。「你告訴他們一些訊息……可是又『不是真的告訴他們』。」哲林先生說。不知怎的，麥克就是懂得他的意思。魔術師有點像在講故事，可是又不是故事的全貌。

麥克頻頻往對街望過去，他的媽媽和諾拉坐在咖啡店的窗邊，喝著某種熱飲。當他媽媽將馬克杯從桌上收走，再把考卷收進提袋時，麥克知道該離開的時候到了。

不過他還有些疑問，不是關於這個戲法——這項戲法他已經滿熟練了，他只是一直在想生日派對上的那個魔術師。除了哲林先生示範給他看的魔術之外，是不是還有更多東西？

麥克再三道謝，最後開口問了最想知道的事情：「所以魔術真的是真的嗎？」

魔術師漾起笑容，瞇起了眼睛說：「也許是，也許不是。」

第五章

在空中飄浮

麥克的爸爸在晚餐過後，朝麥克叫喚：「再十分鐘就該上床睡覺了，麥克！你在樓上幹麼？」

麥克原本應該在看書，並且記錄在日誌裡。

不過，麥克到底在做什麼呢？他嚷嚷：「爸，我只是在準備明天上學的東西啦！」他知道爸爸多想聽到這種話，就某方面來說，他也是真的在「準備」沒錯。

麥克的爸爸也許正想像兒子正忙著把鉛筆排好，或是重新檢查拼字表，怎麼也不會想到是別種意思。

麥克其實在準備魔術——他的魔法戲法。

從白兔商店回到家之後，麥克「突襲」了廚房櫥櫃，家裡向來把紙類產品收在那邊。現在他房間裡有一疊可以拿來練習的保麗龍杯。雖然哲林先生用的是紙杯，不過，在保麗龍杯上打洞比較容易。

麥克已經可以猜到諾拉會說什麼，像是保麗龍對環境有害——所以如果他把它們用光，這樣不是比較好嗎？如果她提出這一點，他就要這樣回應。

麥克的房門關著，連窗簾也是拉起來的。麥克不想讓任何路過他家的人，湊巧看到他的戲法。在他到學校一試身手前，這些內容必須先保密到家。

麥克又彩排一次，然後才靜下心來看書。戲法的第一步，就是用拇指在杯子背面戳個洞。哲林先生解釋過，這就是這個戲法的訣竅。

麥克拿起杯子，面對房門後的鏡子。他覺得自言自語有點呆，可是他必須練習把事情做對。

「看我怎麼讓這個杯子在空中飄浮！」他對著空氣說：「你們看，這些只是我生日派對用的普通杯子，對吧？」

麥克雙手捧著杯子，展示給假想的觀眾看。他一臉正經，彷彿沒有隱瞞任何事情。不過，他的一根拇指其實已經卡在他挖的洞裡。另一手將洞遮住，這樣就不會有人看到有洞。

「兩隻手……」他說，「然後不用手！」他還沒想到適合的魔術咒語，可是等他一決定怎麼說的時候，就可以在關鍵時刻講出來。

當麥克說「不用手」的時候，
就把手指從杯子周圍拿開……
只留下那根拇指在洞裡。
他在杯子周圍扭扭手指，
表示自己沒碰杯子。

在鏡子的反射中，他只看到杯子受到魔咒的影響，詭異的懸在半空。

雙手的手指應該貼近杯子，扭來扭去。拇指不在洞裡的那隻手可以稍微離開杯子，然後再移回來。把杯子往上移，再往下挪的時候，可以試著以「之」字形移動。

當你跟觀眾準備好時，你就可以用其他幾根手指再次「抓住」這個杯子。

演出後，立刻丟掉杯子，免得杯子上的洞漏餡。

飄浮杯子魔術

在開始表演這個魔術以前，你必須準備一個大紙杯或是保麗龍杯。在杯子側面中間的地方，用拇指在杯子上戳出一個洞。請注意：在做這個動作時，小心別讓觀眾看到。

現在你可以告訴觀眾，你打算讓這個杯子飄浮在空中。首先，確定沒人會從背後看你。

一開始用雙手捧起杯子。杯子上的洞應該要面向自己，用一根拇指要穿過那個洞。雙手其餘的手指應該放在杯子前面，包住杯子側邊。

將杯子舉在半空中，大約在腰部的高度。然後慢慢高舉杯子，一面鬆開不在洞裡的另外九根手指。

麥克可以看出訣竅在哪裡——伸進洞裡的拇指，只要他的技巧夠好，觀眾就只會看到魔術。

「阿布拉卡達碰！」他再次練習時，又試著對鏡子說：「阿拉卡贊。」每次他一說出口，自己就會笑出來，因為聽起來就像童話裡的什麼角色！不過，這個魔術他已經駕輕就熟，相當有把握。明天，他會在午餐時間測試看看。

班上其他人在上社會課的時候，麥克跟數學老師馬隆先生碰面，馬隆先生會一對一指導學生。他幫麥克補救數學本來應該算是好事，但是如此一來，班上的每個同學都會知道——如果他們原本還不知道的話——麥克需要額外補救教學，他們也會知道他數學學得特別吃力。

魔術師能不能把自己變隱形呢？也許下次可以請哲林先生教他這個戲法。

麥克回答了馬隆先生所有的問題。「嗯，我會加法跟減法，還在學乘法表。」他們談話的時候，麥克一面玩著橡皮筋，拉開橡皮筋又讓它彈回來，直到橡皮筋變得又鬆又有彈性。他希望老師不會注意到自己在做什麼，可是卻不小心將橡皮筋射過了房間。

今天真的很累，麥克說，所以他才會忍不住動來動去。不過，那並不是他蠢動不安的真正原因，他迫不及待──他就是等不及──他想要在四年級午餐時間變魔術。

最棒的情形是：魔術大成功，大家覺得很酷；最差的情形可能是：魔術沒成功，別人卻永遠牢記在心。無論如何，這是一場冒險，不過其實麥克也沒什麼了不起的名聲要維護。

在學生餐廳裡，他總是在同一張四年級餐桌跟查理、札克會合。查理把自己的午餐盒拋到桌上，馬上談起正事。「你有什麼午餐？」他問麥克。按照規定，學生不能交換餐點，可是查理對於暗地交換這件事，掌握了十分可靠的技巧。

「火腿三明治，」麥克說，「葡萄、起司玉米花。」

「噢，太好了！我的水果點心跟你換玉米花吧？」

才不要——麥克趕在查理勸自己放棄檸檬汁以前，改變了話題。「你們等著看看我有什麼東西吧！我昨天學了一招魔術，想表演給你們看看。」

札克終於排完隊，拿好食物了。「魔術？」他說，「不是打顫的牙齒那種吧？」

「不是，比那個棒多了，不過要等一下下。」麥克知道，等朋友們埋頭吃起午餐，就不會注意到他在桌底下準備表演的杯子。麥克知道，如果查理之前可以在桌底下偷偷交換午餐，那麼那裡一定可以提供足夠的掩護，讓他將杯子準備好。而且麥克靠著牆壁坐，所以沒人可以從他背後偷看。

「我們的足球隊還需要一些球員，」札克說，滿嘴焗烤起司，

「現在人數剛好，可是要是有人生病請假，就有麻煩了。而且就快舉行第一場比賽了，你們猜猜另一隊成員裡有誰？」

「呃，」麥克說，他馬上猜到是誰，「傑克森？」

「對，要是我們沒有足夠的候補球員，他會把我們整得很慘。比賽到了尾聲，我們就會全部累倒在球場上。沒有人應該踢全場比賽。」

查理提出一個大問題：「你有沒有可能改變主意啊，麥克？」

「我爸媽可以載你去練習，」札克說，他先讓麥克好好考慮這個提議，接著刻意壓低嗓門不讓其他人聽到，他說：「這樣你就不用去諾拉家了。」

要是在前一天，麥克為了不用跟諾拉共度下午，他一定什麼都願意做。不過，現在他沒那麼確定了。他爸媽認為他沒辦法同時兼顧課業跟足球。如果他說服爸媽讓他繼續踢足球，那他還有機會做別的事嗎？比方說，魔術？

「大概不會吧……」麥克說。

札克看著桌子。「我想，我們會繼續找人吧。」

麥克咬了口三明治，然後趕緊把拇指插進杯子裡。「所以，你們想看看滿酷的東西了嗎？」他說。

「魔術嗎？想！」查理說。

麥克換成魔術師的語調。「你們看！這個保麗龍杯子會往天花板飄浮喔。」

語調比他在自己房間演練時還誇張，可是話就這樣脫口而出了。麥克覺得自己彷彿突然變了個人。

他一開始用手指包住杯子。接著，就照之前練習的，放開手指。「我變、我變、我變變變！」他說。

查理跟札克盯著杯子看。「杯子飄起來了！」查理說，彷彿不相信自己的眼睛。

麥克先把杯子往上移動，再往下移動，左挪右挪。看起來杯子好像跟著他的手移動。

「怎麼弄的啊？」札克問。

隔壁桌的孩子也都轉過來看。「你看！」她邊說邊用手肘推推朋

友。麥克連那些同學是誰都不知道，不過，現在他們倒是知道他是誰了。

麥克腦中突然冒出一個點子。「你們拍拍手，杯子就會往下降。」他跟其中一個女生說。她一拍手，他就把杯子移向自己的三明治。

「好棒。」麥克班上的一個男生說。

「再一次！」另外有人從走道對面呼喚。

「怎麼弄的，做給我們看！」

麥克盡可能學哲林先生那樣，睿智的搖了搖頭，不過其實他憋笑憋到臉頰都痛了。他覺得自己的笑容可以維持一整天。

「沒辦法，」他說，「這是魔法。」

第六章

準備學更多

只有一個人對表演無動於衷。

在鐘聲響起以前，麥克正要把垃圾拿去丟時，一團錫箔紙砸中他的腦袋，彈開後掉進垃圾桶。

「那一招不賴喔，」傑克森說，「可是你騙不了我，我知道你是怎麼弄的。」

傑克森真的有在看表演嗎？麥克納悶。傑克森怎麼會懂魔術？

「噢，真的嗎？等看過下次的再說吧。」麥克虛張聲勢。

「下次？」傑克森哈哈笑，「還會有下次嗎？」

「你不會知道我有多厲害。」麥克說。

「我等不及要看你在耍什麼把戲了，」傑克森說，「表演時記得留前排的座位給我。」然後搖著腦袋走回班上。

下次，麥克暗想，他喜歡這兩個字聽起來的感覺。

整個下午，孩子們只要在走廊上遇到麥克，都會跟他擊掌。他不在乎自己在體育課打足壘球時被三振；他的閱讀時間記錄表留在家裡，因此收到坎菲德老師的警告，他也不在乎。

只有傑克森會讓他心情低落。放學後，傑克森在後門附近逗留。一看到麥克跟諾拉會合，傑克森笑開了嘴。他們現在逃不了嘍。

「要和你女朋友走路回家喔？」傑克森問麥克。

傑克森騎著畫滿火焰的腳踏車，咻的經過他們身邊，然後又繞回來。「你被她的魔咒迷倒了，是嗎？」

幸好麥克跟諾拉住得離學校不遠，不用忍受傑克森太久。可是傑克森看到他們走向同一棟房子的時候，眼睛一亮的神情，麥克覺得傑克森不會讓他輕易忘記這件事情了。

「祝你們玩家家酒愉快。」傑克森嘲弄，然後踩著踏板騎往自己家，一面發出噁心的親嘴聲。他住得很近。

真是尷尬極了。「抱歉……」諾拉打開門鎖時，麥克說。

「為什麼要道歉？」諾拉問，「他就是愛欺負人。」

「他整天都在找我麻煩。」麥克說。其實，傑克森已經找他麻煩很久了，不過這點不需要讓諾拉知道。

「可能是因為他午餐後看到你變魔術，」諾拉說，「發現有人會做他不會的事情，他就受不了了。」

諾拉才認識傑克森幾個星期，怎麼就已經了解傑克森這個人了？也許她比麥可想的還聰明。

諾拉打開冰箱找點心。「對了，你做得很棒，」她補充，「我很喜歡那一招，可是，可以給你一個建議嗎？」

麥克最不想要的就是建議了，可是他又能說什麼？「ＯＫ……」

「你需要好一點的『咒語』。」

「我知道！」他笑著說。關於這件事他得問問哲林先生。「嘿，諾拉，」麥克說，她遞給他一份優格，「魔術的事情很抱歉。」

「什麼？」她問。

「我有機會學魔術，可是你卻離開了……」

諾拉聳聳肩。「我完全弄不懂那個謎題啊！所以我想他什麼都不會教我。這完全沒關係，而且我對魔術也沒什麼興趣。」這件事她居然就這樣算了，麥克覺得詫異極了。她對魔術沒興趣？嗯，或許是只有「他」有興趣。

諾拉的媽媽下樓來。「我們去圖書館好嗎？」她主要是對著諾拉說。原來是因為諾拉有一大袋書要歸還，而那些書加起來比麥克過去兩年讀過的還多。

圖書館從來就不是麥克最愛去的地方，從他大到不再看繪本後就這樣了。像麥克這個年紀的孩子總是在讀五公分厚的書，可是他應付不來。等他讀到中間，就已經記不得開頭發生過的事。他最喜歡的是漫畫，可是圖書館的漫畫藏書很少。

諾拉拿著一張書籍清單坐在電腦前，一個接一個，把全部查過一遍，麥克則開始寫作業。等他見到爸媽時，他們會檢查作業完成了沒有。

「你們班開始寫讀書報告了嗎？」諾拉問他。

麥克對這件事有種不祥的預感。那些閱讀時間……他該讀什麼

書呢？是未來要寫成報告的書嗎？他真的記不得了。

「我想還沒有。」麥克說。

她好奇的看著他。「每個四年級學生都要寫喔。你喜歡看哪一類的書？」

「我不知道……」麥克說，「刺激、精采的書吧，我猜。」

「講魔術的書呢？」諾拉提議。她滿腦子都是好點子。「我可以替你找喔。」諾拉熱心的補充。

原來圖書館裡有一整區關於魔術的書呢！麥克發現了一本講魔術戲法的書，還有魔術大師兼逃脫藝術家哈利．胡迪尼的傳記。有了這些書，連麥克都有辦法寫出讀書報告。

他不情願的先回頭寫作業，把最後一個字拼完之後，他馬上開始想著接下來要在學校表演哪個魔術。是錢幣戲法？還是紙牌戲法呢？他決定不了……還是他已經準備好表演一場大逃脫了嗎？這些書可以把他需要知道的事全都告訴他。

可是，當他要把那些書借回家的時候，櫃臺的圖書館員把他的借書證還給他，並說：「系統說你弄丟一本書，除非你先把罰款付清，不然恐怕不能再借書喔。」

閱讀區
歸 還

那本講競賽運動知識的書根本沒弄丟。麥克十分確定書就在他床底下，可是來不及今天就拿回來還，所以不能借書了。

「這些書我會替你保留，」圖書館員和藹的說，「你可以明天再回來借，或是等你準備好的時候再借。」

回家的路上，麥克默不作聲，他真的對自己很失望。他把拼字單拿出來，假裝在檢查，這樣就不用跟諾拉講話。究竟是什麼樣的小鬼才沒辦法好好把書還給圖書館？他納悶著。

他爸爸回家的時候，麥克開心了起來。他得意的炫耀完成的拼字單。現在他可以再試試他的魔術戲法了！「我有東西要秀給你看，」麥克帶著爸爸到客廳的沙發那裡，「你待在這邊。」

麥克站在矮桌的另一側，又讓另一個保麗龍杯子飄浮起來。他現在可以不必準備那麼久了，而且還加了點臺詞。「好了，等等，別飛走，」他對杯子說，「別離開我！」他讓杯子彷彿要飛向天花板似的。

「不錯嘛。」麥克的爸爸說。

麥克告訴他。「我今天在學生餐廳表演過，大家真的相信……我有魔法喔。」

「你在哪裡學的啊？」他爸問。

「跟白兔商店的魔術師學的。」麥克說。

「那家古董店嗎？」他爸說。

「嗯，算是吧，不過那家店後面有一個祕密房間，放滿變魔術戲法的東西。」

麥克突然想到一件事，既然圖書館現在已經關了，可是說不定白兔商店也有賣書。

「爸，你可以帶我過去嗎？那家店開到滿晚的，我想買個東西。」

麥克的爸爸查一下時間。「麥克，我才剛回到家，而且今天晚上輪到我下廚，明天又有重要的事情……」

他沒說不行。

「一下子就好，」麥克保證，「我自己出錢。」有時靠這句話就能說服爸爸，而且麥克有些緊急基金就藏在一雙舊運動鞋裡，「你可以留在車上等我就好。」

他的爸爸嘆口氣。「功課都弄完了嗎？」麥克對讀書報告這件事有點困惑，也不曉得繳交時間什麼時候截止。他連自己該不該做這份報告都不清楚。

「都弄好了。」他要爸爸放心。他晚點會查清楚的。

麥克的爸爸從夾克口袋拿出鑰匙。「我們趁媽媽還沒回來以前去吧。」

車子停靠在白兔商店外時，天色開始變暗。街燈已經亮起，麥克可以看到哲林先生陸續關掉店裡的燈，看起來好像在趕時間。

麥克敲敲店門，門已經上鎖。他使勁揮手，直到哲林先生終於看到他。

「你要關門了嗎？」麥克透過玻璃呼喚，「我只是想買個東西，很快就好。」

「準備學更多戲法了嗎？」哲林先生問。麥克再度有種詭異的感覺，那就是——這個魔術師知道他在想什麼。

「對！」麥克呼喚，「我在學校表演了那個戲法，很完美！」

「我趕時間，」哲林先生說著便踏出門外，隨手關上門，最後還是沒放麥克進去，「可是我想你可能會喜歡這個。」

他把某個東西塞進麥克手裡，然後快步沿著街道走遠，一面回頭叫喚：「現在你看得到我，現在你看不到我。」

第七章

消失錢幣的魔術

是一本書。

怎麼回事？哲林先生竟然知道麥克想要一本書。麥克不知道哲林先生是怎麼知道的，也不曉得他已經去了哪裡。可是這本書——《祕密之書》，比他在圖書館看到的那些精彩多了。封面有像錫箔銀色字樣，泛黃的內頁看起來彷彿在麥克之前還有好多魔術師都讀過它。

書裡的魔術戲法多到超越麥克的想像。如果麥克想要的話，他每天都能在學生餐廳變個不同的魔術。

至於功課的事，他大概想了兩秒鐘左右，好奇諾拉怎麼會知道整個四年級都要做同一個報告？老師總不會特地告訴她吧，她剛剛一定不知道自己在說什麼吧。

麥克拋開疑慮，打開桌燈，然後翻開《祕密之書》。書開頭的引言取自某個叫歌德的人：「魔法就是相信你自己。如果你可以相信你自己，就能讓任何事情發生。」麥克綻放笑容，他有種不錯的預感。他翻著書，找到了「消失的錢幣魔術」，這回應了他先前的問題：是要選錢幣或紙牌戲法呢？——嗯，下次再研究紙牌好了。

爸爸在樓下的廚房鏗鏘作響。媽媽回到家後，幫忙取出洗碗機裡的碗盤。麥克可以聽到他們在聊今天過得如何，接著他們各自忙著檢查自己的手機訊息而陷入一片沉默。不過他其實沒怎麼注意，因為他為了學習怎麼讓錢幣消失，正忙得不可開交。

這個魔術需要雙面膠，麥克書桌裡恰好有。他雙手朝上，靠著一小截膠帶，將錢幣黏在中指中央。

在鏡子裡，麥克秀出雙手，看起來彷彿拿著錢幣——膠帶收捲起來，所以沒人看得出其實錢幣是黏住的。

接著他雙手交握，做出把錢幣從一手丟進另一手的樣子。他甚至握起左手，彷彿接住了錢幣。

不過，其實錢幣還黏在他右手的中指上。他把那隻手伸進口袋，迅速刮下錢幣。同時，左手還是緊緊握住，彷彿握著東西。

「現在我用會這個魔法粉，讓錢幣消失不見！」麥克開口向假想的觀眾說話。現在他的右手從口袋伸出來，朝左手灑上想像的魔法粉。嘗試另一個咒語的時候到了。「沙贊！」麥克說，一面誇張的打開左手。

左手心中當然什麼都沒有——錢幣早已穩穩當當收在口袋裡。他張開手指，揮舞一下，展示他的手裡什麼也沒有。

觀眾在這個時候就會開始鼓掌，麥克心想。明天他又能當個明星了。不過他必須先確定自己能把這個戲法變得很完美，而且到時傑克森肯定會虎視眈眈看著他，所以他千萬不能出差錯。

麥克把玩偶排在鏡子前面，這樣就可以練習眼神接觸。他在魔術開場時，試著讓自己握著錢幣的模樣顯得很自然。大家會注意到他在口袋裡把錢幣刮掉嗎？也許在那個階段最好能說說話，他想，這麼一來，大家就會把注意力放在他說的話，而不是他的動作上。

突然間，媽媽的聲音沿著樓梯傳上來。「你還好嗎？麥克，」她問，「我都叫你兩次了，晚餐時間到了！」

麥克趕緊把黏在手上的錢幣拔下來，打開房門。「我只是在用功，」他說，「忘了時間。」她不需要知道麥克在用功什麼，時候還沒到。

隔天早上，麥克找到一把錢幣，跟著幾小截雙面膠，塞進背包的前側口袋。他想，多準備一些準不會有壞處，免得到時有什麼差錯。

不過一切全都出了錯，而且麥克完全沒機會表演。

原來上課一開始，坎菲德老師要收全班同學的作業。「請把讀書報告的筆記交上來，」她說：「我會先看過內容，確定你們一開始的方向沒問題。」

麥克看著同學把一疊疊用橡皮筋綁住的索引卡交出來。坎菲德老師迎上他的目光。「你的也交上來吧，麥克。」她說。

「我不小心留在家裡了，」他說謊，「可以明天再帶來嗎？」

坎菲德老師嘆口氣。「明天早上馬上交喔。」她說。

現在，將依然握著錢幣的那隻手伸進口袋。一邊跟觀眾說，你要從口袋裡拿出魔法粉，並同時將錢幣跟膠帶從手指上刮掉，讓錢幣掉進口袋裡。

當手掌從口袋抽出時，手裡要假裝握著一把隱形的魔法粉，接著將粉末灑在還握住的手上。

請記住！觀眾相信另一隻手已經接住錢幣了。

接下來，在你朝著這隻手灑下魔法粉後，然後再張開手指……錢幣就不見了！張開灑魔法粉的那隻手，向觀眾演示手中也沒有錢幣。讓你的觀眾們驚豔吧。

注意：也可以用一般的膠帶，只要用一小截，將有黏性的那面朝外摺起來。

消失的錢幣魔術

開始表演之前（記得別讓觀眾看到），你會需要將一小截雙面膠貼在錢幣背面。手掌朝上，把錢幣黏在中指上，大概手指一半高的地方。

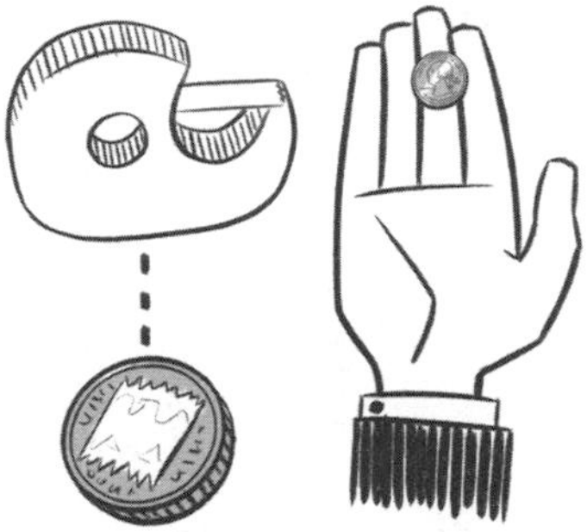

第一步，先伸出雙手，掌心朝上、手指併攏，向觀眾展示這枚錢幣。

1.

第二步，將黏有錢幣的那隻手掌朝下，蓋住另一隻手的掌心，看起來彷彿把錢幣從這隻手移向另一隻手。讓假裝接收錢幣的手看起來彷彿已經接到並緊握錢幣，不過，其實錢幣一直留在原本的手中。

2.

3.

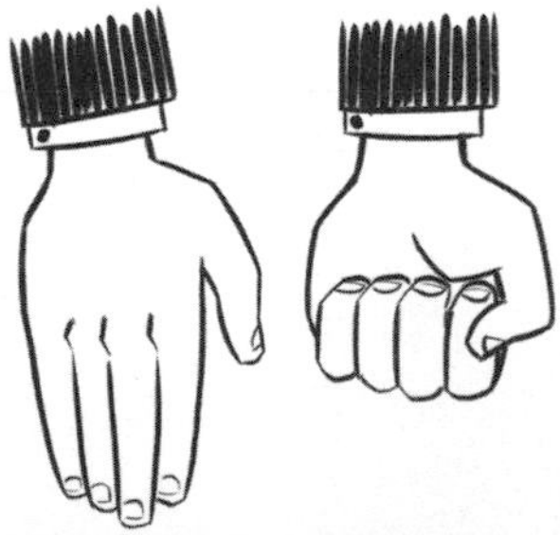

麥克不確定要怎麼完成這項作業。他能不能用《祕密之書》來做報告呢？他尷尬到沒辦法開口問坎菲德老師，而且他滿腦子分心想著魔術。

數學老師馬隆先生在午餐之前抵達，因為麥克得在午休時間考試，而不是跟其他人一起下樓去。「看看目前在哪裡（註），」馬隆先生說，「這樣就知道我們要從哪裡開始學習。」

我在哪裡？麥克忿忿的想，我人就在這裡啊，我已經餓了，想吃三明治。他不得不承認，他現在很想來點昨天享受過的那種表演後欣喜感覺。

等下課時間到的時候，麥克很生氣。也因此他爬過操場柵欄去拿丟出去的紙飛機；而且他不理會叫他回來的操場值勤老師，所以他最後又被送到史考特校長的辦公室——三天以來已經第二次了——明天全部的下課時間也都會被禁足。

諾拉放學之後過來他家，恰巧他們兩個今天都沒有回家作業。不過，他們花了點時間才找到事情做。她晃進了他家車庫，拿著足球出來。「想玩嗎？」她問。

麥克架好球門，試著突破她的防守，可是她動作好快。到底有什麼是諾拉不會的啊？他納悶。

註：在此為雙關語，意思是，目前程度怎樣。

麥克又沒踢進球，剛好這時，傑克森騎著腳踏車經過。傑克森看到他們的時候，又是眼睛一亮。昨天他們在諾拉家，今天卻在麥克家。麥克可以看出來，傑克森已經想通了整件事情：原來麥克每天都跟諾拉．芬恩一起度過放學後的時光。

「你今年沒辦法跟男生一起踢足球，真是太慘了，」傑克森哈哈笑，「可是至少你可以跟女生一起踢，反正她們的球速跟你比較像。」

「噢，是嗎？」麥克憤慨的說，「打賭你踢不贏諾拉。」

傑克森咧嘴笑著。「賭多少？二十五分錢嗎？」傑克森把將腳踏車拋在麥克家的草坪上。

傑克森繞著院子運球，第一次射門時，諾拉接住了球。傑克森

NCIPAL

吹了聲哨子。「不錯嘛。」他說。

傑克森不疾不徐朝著街道回頭運球。他將球踢往空中，再用頭頂球，只是為了炫耀。就在麥克開始以為傑克森懶得再射門時，傑克森就把球踢飛，越過了諾拉展開的雙手。

「得分！」傑克森得意洋洋的嚷嚷，朝著空中揮拳。「付錢的時候到了，老兄。」他對麥克說。

麥克的背包在前門樓梯那裡，那堆錢幣裡一定有二十五分錢才對。他很快就找到一枚，可是也找到了好幾截膠帶……於是他心生一計，他知道怎麼彌補這個過得很不平順的一天了。

麥克走回傑克森那裡，把二十五分錢遞給他。「拿去吧，」麥克說，「非常公平。」

傑克森接過錢幣錢幣，走向自己的腳踏車。「早知道就至少賭一塊美金。」他嘀嘀咕咕。

「嘿，我可以弄個東西給你看嗎？」麥克說，「我可以看一下那個二十五分錢幣嗎？」他的手裡已經藏好一截膠帶。

傑克森皺著眉，慢條斯理把錢幣還給麥克。「大概吧……」

麥克伸出雙手，把那枚二十五分錢幣秀給傑克森看，錢幣現在黏在他的手指上，但沒人看得出來。「這是你的二十五分錢，對吧？」麥克問。

「看也知道。」傑克森說。

麥克雙手交握，就像之前對著鏡子練習那樣，做出移走錢幣的手勢，可是錢幣其實還在原本那隻手裡，然後他把手插進口袋。

「錢幣在這裡。」麥克要傑克森放心。他看著自己的左手，現在已經握成拳頭狀。「不過，等我灑上一點魔法粉，看看會發生什麼事，ＯＫ？」他用右手假裝從口袋裡撈出魔法粉，然後將塵粉灑在拳頭上。他決定要用傑克森一定知道的魔咒：「阿布拉卡達布拉！」

當麥克打開拳頭的時候，錢幣已經消失了。

第八章

分享祕密

「嘿，把錢幣還來！」傑克森說。

「我辦不到，」麥克說，「它消失了啊。」他假裝在地上找來找去，甚至往口袋裡找。

「你偷了我的錢！」傑克森不肯退讓，「還來啦！」

「它不見了，就這樣蒸發了。」麥克說。他愛極了這種情形。

傑克森的臉愈脹愈紅。「你耍了某種魔術，拿走了屬於我的東西！」他怒斥。

麥克聳聳肩。「真抱歉。」他說。

「你最好有道歉的意思啦。」

「只是二十五分錢幣而已嘛。」諾拉突然開口。

傑克森忙不迭轉過身去，丟下一句話：「你別插手！」

「他又沒辦法怎樣，」諾拉強調，「錢幣就是不見了嘛。」

傑克森把腳踏車從草地上一把抓起，繞過轉角朝他家裡騎去時，麥克跟諾拉可以聽到他的車輪像賽車一樣磨出尖吱聲。

麥克跟諾拉擊掌。

「你看到他的臉了嗎？」諾拉哈哈笑，「他氣炸了！」

麥克認識傑克森好久了，傑克森從小就老是欺負其他人，或是搶走他們的玩具，難得能夠還以顏色，真是痛快。

「他會一直對著我囉唆那枚二十五分錢幣的事，直到拿回去為止。」麥克說。

「你覺得他不會怕麻煩嗎？」諾拉問。

「你不懂他，」麥克告訴她，「他希望什麼事情都得順著他的意思走。」

「也許你可以使用魔術，再耍他一次？」諾拉提議。

麥克頓住，他沒想到這點。《祕密之書》裡是有不少魔術沒錯，不過一直被捉弄，傑克森一定會氣瘋。

麥克還沒決定要不要拿那本書給任何人看，可是諾拉會比他認

識的任何人都能夠理解他。她見過哲林先生，而且他真的需要她幫忙挑一個好戲法。

「可以拿個東西給你看嗎？」他說。

「當然。」諾拉說著便跟他走進屋裡。

他們躡手躡腳路過麥克媽媽的書房——她在裡頭講電話——然後上樓，到麥克的房間去。他從放襪子的抽屜拿出《祕密之書》，遞給諾拉。

「哇……」她邊說邊用手拂過封面上的銀色字母，「你從哪裡拿到的啊？」她看得出這東西相當特別。

「昨天我們離開圖書館以後，我請我爸帶我回白兔商店去，」麥克解釋，「我想說即使圖書館關了，我也可以在那裡買到魔術書。當時哲林先生正要離開，不過他已經準備好這本書要給我，他把書交給我後，就在街道上消失了。」

諾拉安靜了片刻。「真奇怪，」她說，「他怎麼會知道？感覺好像他懂得魔術，但是他又有魔法。他知道其中的奧祕，而且他自己也有祕密。」

麥克完全懂得她的意思。

「裡面有一大堆魔術戲法喔，」麥克說，「有些正好『適合』傑克森！」

諾拉翻開書，瞥了瞥第一頁，接著迅速闔起來，彷彿知道自己不應該再讀下去。

「整本書都是魔術戲法嗎？」

麥克對魔術懂得不多，可是他知道魔術師不談自己的祕密。他們會許下某種特別的誓言什麼的，他滿確定的——他們得保證不跟別人分享戲法。

不過魔術師也需要一個信得過的人，最好是一個對戲法知情的人。麥克可以找自己的朋友，查理或札克，不過找哪個才好？總不能兩個都找吧。而且他對他們任何一個的信任，真的勝過對諾拉的信任嗎？因為連大人都信任諾拉呢。

「你可以讀這本書啦，」麥克過了一會兒說，「沒關係的，不過你要保證不說出去，永遠都不行。魔術師對自己的祕密都要很小心。」

她舉起手，彷彿在立誓。「我發誓，」她嚴肅的說，「我永遠不會把這些祕密分享出去。」

現在，他們既是新鄰居，也有點算是朋友，更透過誓言成為魔術上的夥伴。

「所以……你想看看我怎麼把錢幣變不見嗎？」麥克問。

他變戲法的時候，她看得很專注。麥克把錢幣貼在手指上，握拳，把錢幣錢幣丟進口袋，然後灑上魔法粉。

諾拉搖搖頭。「真沒想到，」她說，「你怎麼學到這個魔術的？」

「我想，就像你學任何事情一樣吧，」麥克說，「我只是讀了那

本書，跟著做做看，事先練習。」他沒提到那些玩偶觀眾。

「可是我還以為……」她愈講愈小聲，麥克知道她在想什麼。

「我只是在學校表現不好，好嗎？」他心煩的說，「我沒辦法坐著不動，所以有時候會漏掉一些東西。可是我可以學。我又不笨，如果你想的是這個問題……」

諾拉臉紅，「我不是這個意思，」她說，「我看過你解那道謎題的情形，也許你……就是懂別人不懂的東西，我也有點像是那樣。」

麥克不想繼續談這件事。「聽說你滿聰明的，」麥克輕快的說，「所以我們兩個都算是聰明人嘍，而且你踢足球也很厲害。」

諾拉嘆氣，「我在之前的學校本來就是足球隊的，」她說，「可是等我搬來這裡時，已經來不及報名了。」

「你明天應該跟我一起去，」麥克說，「雖然我不踢足球了，可是我跟查理、札克說過，會去看他們的第一場比賽。札克的爸爸就是教練——他會知道怎麼讓你加入球隊。」

諾拉漾起笑容，她說：「謝謝你，麥克；那魔術戲法的事呢？」

諾拉坐在書桌那裡，麥克趴在地上看《祕密之書》。「我根本不知道要從哪裡開始。」麥克邊說邊翻。「我想想……我們可以讓錢幣流汗，」他說，「這樣可以嚇死傑克森；不然這個如何……我們可以弄得好像有鬼輕輕拍他的肩膀！」

「我想他不會上當的，」諾拉說，「我可以看看這本書嗎？」

麥克把書往上遞給她。「這個如何？」她說，「等等，這要怎麼弄啊？」她想不通。「把觀眾挑中的紙牌藏在手臂上的ＯＫ繃下面？這很酷喔！」

麥克越過她的肩膀，往上方一看，「這裡有一部分是心靈魔術……」

「喔，不要！我才不想解讀傑克森的心思呢！」諾拉說，「你真的想知道他在想什麼

嗎？」

「我並不想。嗯，等等，我想到了！」麥克說。他翻過那一頁、待在書桌邊，這樣就能跟諾拉一起看戲法解說。他們默默讀完指示，然後相視一笑——完美。

可是他們還來不及嘗試這個魔術，就聽到麥克的

媽媽走上樓來了。她迅速穿過走廊，站在麥克的房門外頭，雙手搭在臀部上。

「剛剛坎菲德老師打電話來，」媽媽告訴麥克，「讀書報告是怎麼回事？」

第九章

做筆記

「坎菲德老師在明天放學前至少要收到十張筆記卡，」麥克的媽媽說，「不然就要從你的成績扣掉十分。」

她嘆口氣，叉著雙臂。「這不是我們原本的計畫啊，麥克，我以為你今年會努力，要有個好的開始。」

麥克湧起絕望的感覺，就像他到了校長辦公室外面那樣。不管他多麼努力嘗試，永遠都沒辦法做對任何事情。他真希望諾拉在他跟媽媽起衝突以前就回家了，不過，諾拉卻徹底救了他一把。

「我知道那是什麼作業，」諾拉要麥克的媽媽放心，「我想我幫得上忙。」諾拉彷彿變魔術似的，在麥克還來不及反應前，媽媽就已經回到樓下，完全信任那些筆記卡會及時完成。麥克的震驚程度，就像當初踏進白兔商店後側的房間一樣。

他想用《祕密之書》來寫報告，可是當他這麼提議的時候，諾拉白了他一眼。「不行啦，那樣行不通，」她說，「學校圖書館很早就開了，你必須到那裡找書。」

雖然麥克不喜歡諾拉那種愛指揮人的語氣，可是他們現在是「夥伴」了。

麥克的爸爸隔天早上開車載他們上學。時間很早，停車場都是空的，有個工友正在拖地。麥克的爸爸放他們下車後，不到十分鐘，諾拉就替麥克找到了一本關於胡迪尼的書。

諾拉向麥克示範怎麼在索引卡上寫筆記。一張卡片上寫一個點子，她向他解釋。「這滿簡單的，」她說「等你寫完這個筆記，就打進電腦，然後寫出那份報告。」反正她們班就是這樣做的。

不過，麥克很難把心神集中在那些卡片上，因為他的心思全在胡迪尼上——胡迪尼真是神奇！沒人想得通他那些有名的戲法是怎麼變出來的。而且他表演過一些令人驚嘆的特技，比方說把自己鎖進箱子，然後叫人把箱子丟到橋下！但是他卻能成功逃出箱子。

鐘聲再次響起的時候，麥克已經讀了不少，只要在今天放學前

哈利・胡迪尼
出生：1874年3月24日
匈牙利布達佩斯
死之：1926年10月31日
密西根州底特律

回頭把筆記趕完就可以了。他不想損失十分，也不想失去看朋友比賽足球的機會。

麥克知道，自己今天得在校長辦公室度過下課時間。他坐在瓦倫太太前面的老位子上，把筆記卡擺得到處都是。「你很用功呢。」，瓦倫太太讚許的說，也塞了根棒棒糖給他。

麥克回到坎菲德老師的教室以前，在走廊停下來喝點水。當他的臉貼近飲水機時，感覺有人正在看他——原來是傑克森。「我什麼時候可以把錢拿回來？」傑克森冷笑著問。

「等著瞧吧。」麥克說，他努力裝出神祕，而不是嘲諷的語氣，但是傑克森誤解了。

「這樣嗎？哼，你才等著瞧啦！」傑克森一把從麥克手裡搶走筆記卡。「看起來像是功課唷，」他說，「你又遲交作業了吧？嘿，也許魔術可以幫你把這些東西拿回去。」

傑克森一把捏皺筆記卡，塞進他的牛仔褲口袋，然後混入正要往外走的二年級隊伍中。

麥克幾乎癱軟在地。坎菲德老師絕對不會相信剛剛發生了什麼事；麥克也根本不想知道他的爸媽會說什麼。他該怎麼辦才好呢？

在默讀時間，他翻開那本胡迪尼的書，重寫筆記卡，盡量寫出自己記得的內容，然後再多寫個兩三張，湊到十張。他非得去看那場球賽不可！他跟諾拉原本就計畫向傑克森報仇，現在復仇計畫變得非常重要。

當坎菲德老師跟麥克對上眼的時候，麥克別開視線——他不應該在默讀時間寫筆記，不過她什麼也沒說。她之前說過，她跟麥克站在同一邊，也許那是真心話。

麥克終於在鈴聲響起前將筆記卡交了出去，坎菲德老師綻放笑容。「我就知道你辦得到，」她說，「明天你就可以開始寫報告嘍。」

魔術師能不能幫人實現願望？麥克納悶。他真心希望那份報告可以自動完成，也希望總有一天傑克森可以得到應有的懲罰。

他們今天放學後的安排相當複雜——麥克先走路到諾拉家，然後，諾拉的媽媽載他們去看足球賽，不過她必須單獨把他們留在球場，因為今天晚上輪到她上晚班。札克的爸爸——拉爾森教練在球賽期間會幫忙看著麥克跟諾拉；等比賽一結束，再由麥克的爸爸載他們回家。而麥克在回程路上還要把圖書館的書（就是競賽運動知識的那本）投進還書箱。

麥克找到拉爾森教練，他正拿著寫字夾板站在邊線上。「這是我的鄰居諾拉，」麥克告訴教練，「她剛搬來鎮上，非常熱愛足球，可是錯過了報名截止日期。」

「我正好知道有個女生球隊少了一個隊員，」拉爾森教練告訴諾拉，「是守門員，也許你能代替原本的守門員？我要先確認一下。」諾拉笑開了，「那是我最喜歡的位置，」她說，「再請你告訴我最後結果！」

拉爾森教練輕拍麥克的棒球帽緣，「麥克，我們都很想你！沒了你，就是不一樣。」麥克很高興大家都想念他，他甚至希望自己還在球隊裡。

不過他很快就想起《祕密之書》以及學習裡頭那些祕辛時的興奮感，「也許明年吧。」他向教練說。

拉爾森教練帶領的球隊不管輸或贏，總是打得非常盡興。他要自己的球隊在比賽前先做倒退跑跟開合跳暖身。

在球場另一邊，身穿著藍色球衣的傑克森和他的隊員們正擠在一起。

傑克森脫隊，在球場外圍來回踱步。「他很討厭輸，」麥克向諾拉低語，「看起來他球隊的成員都很緊繃。」

傑克森瞥見麥克跟諾拉在露天看臺上，就怒瞪他們一眼，然後在休息時間，走到他們面前。「嘿！老兄？我的二十五分錢帶來了嗎？」他說，「我想到零食攤買東西。」

麥克把口袋

翻出來。「我現在一毛錢也沒有。」他說。

「你把我的錢拿去買什麼了？新的筆記卡嗎？」傑克森的笑聲聽起來更像嘎嘎叫。

他的教練叫他回去。「傑克森，」他語氣尖銳，「該你上場了！」傑克森在這場球賽的表現並不理想。查理從他那裡搶走球，然後射門得分。而傑克森射門三次，但一次都沒進球。

到了下一次休息時間，傑克森找到麥克，又開始找他麻煩。「如果你不把我的錢還來，你知道會怎樣嗎？我就要去報警。」

說得彷彿警察會在乎消失的那二十五分錢幣！傑克森火氣大了起來。

現在該再來點魔術給傑克森好看了。麥克希望自己跟諾拉可以順利完成，即使他們幾乎沒怎麼練習。

「好啦，」麥克說得好像很不甘願，「我會還你的。」

「也該是時候了。」傑克森說。

麥克的口袋空著，就像傑克森之前看過的那樣。「你有二十五分錢嗎？諾拉？」麥克問。

她正在等麥克問這個問題。

諾拉遞了一張紙鈔給他。「抱歉——我沒有更小面額的。」她說。

傑克森瞪大眼睛，想著，那張紙鈔是要給他的嗎？

麥克舉起紙鈔給傑克森看。可是傑克森還來不及伸手去拿，麥克就從左到右對折，然後再對折一次。

「這是幹麼？做摺紙美勞嗎？」傑克森說。

麥克又折了一次，這一次從上到下，朝自己對折。

接著慢慢從紙鈔裡拿出了二十五分錢。「噠啦！」麥克說，「這是你的錢，對吧？我做了一點小改變。」

傑克森瞪大雙眼。「錢幣是從哪來的啊？」他說，「你怎麼弄的？本來明明只有一張紙鈔……」

麥克把錢幣遞給他。「拿去吧，這是你的。」

傑克森退後一步。「這不是我的二十五分錢。」

就在變出二十五分錢的當下，麥克突然間召喚出了那個更勇敢

UNITED STATES OF AMERICA
QUARTER DOLLAR

的自己。

「要拿不拿隨便你。」麥克堅定的說。

他把錢幣塞進傑克森手裡。

「你得到自己想要的了，」麥克強調，「二十五分錢，我們之前就只有打賭這麼多錢而已。」

「可是，不應該是這樣的……」傑克森結結巴巴。

就在這時，教練吹了哨子，傑克森回到球賽。

諾拉對著傑克森的背影呼喚。「別把錢都花在同一個地方喔！」

變出錢幣魔術

準備表演以前，把錢幣藏在紙鈔的右下角後面。用大拇指壓住錢幣，另外四根手指要在紙鈔的前方。你的左手可以用同樣的方式握住紙鈔。

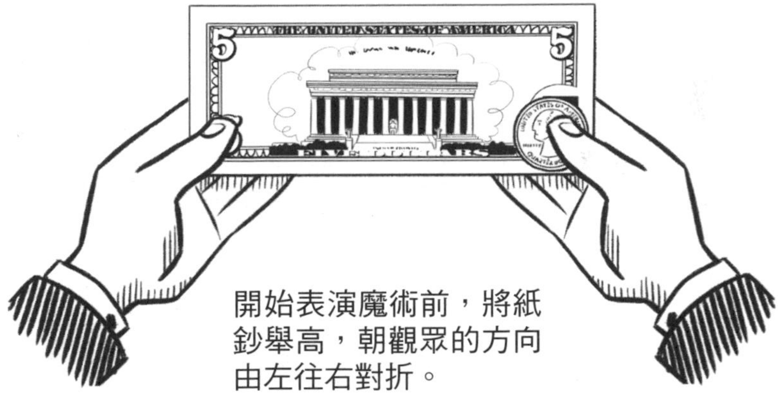

開始表演魔術前，將紙鈔舉高，朝觀眾的方向由左往右對折。

1.

然後朝同一方向，再對摺一次，記住，要一直藏好那枚錢幣。

2.

3.

最後，第三次對折紙鈔。這一次是朝著自己的方向，從頂部往底部對折。現在，錢幣會在中間，被整張摺起的紙鈔蓋住。

左手掌心朝上，讓紙鈔裡的錢幣掉進攤開的手掌。

4.

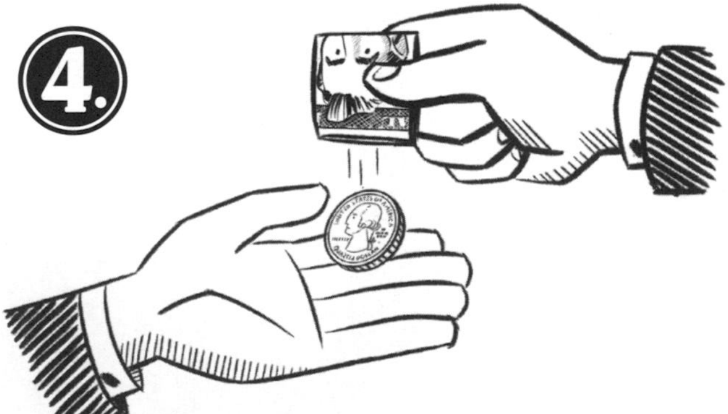

注意：這個魔術的紙鈔需要事先先摺過，產生折痕，然後再展開使用。

第十章

電話亭

剩下的比賽時間裡，麥克覺得有點樂昏頭了，就像不小心喝了含咖啡因的飲料，結果整晚都睡不著的感覺。他的心跳飛快，腦袋的轉速也是——他真不敢相信剛剛他們做了什麼事情。

平時，麥克不想讓別人覺得難受；不過這次讓傑克森覺得難過……麥克認為他們是聲張正義。

相信傑克森有一陣子都不會再打擾他，他可以走路上學、在院子裡玩，而不被傑克森調侃了。

諾拉也是非常開心的樣子，不過她的焦點放在別的東西上。

「噠啦」聽起來不太有魔力，」她說，「那是你遞一張紙給別人時會說的話，我想，你需要一個聽起來很特別的字眼，像是召喚魔法那樣的字眼，也許可以用『說變就變』，會不會比較好？」

這時麥克站起來替查理歡呼，因為查理剛剛又射進一球。

麥克已經試過一堆魔咒，可是沒有一個覺得適合。他跟諾拉說起在札克派對上看過的魔術師，「他那時候要蕾秋．喬依絲說『阿布拉卡達布拉』，」麥克回想著，「可是她說得很不順，魔術師就一副很疑惑的樣子，說：『卡什麼拉什麼啊？』我可以這樣說吧……」

「那聽起來不像是魔術師會說的話，」諾拉皺著眉說，「比較像小丑，我想，我列一份清單，把可能的選項都寫出來，你就可以自己決定要用哪個。」

又響起一聲哨音，球員們開始朝著球場中央走去、互相握手。雖然查理跟札克不應該因為踢贏比賽而表現出興高采烈的樣子，不過麥克知道他們的感覺——這次可是大贏傑克森呢！要不是因為足球聯盟有嚴格的規定，他們就會大肆慶祝了。

「好精彩的球賽！」麥克的朋友們走到露天看臺時，麥克說，「你們踢得好棒！」

查理用水瓶灌了一大口。「我們總算撐過來了！」

麥克好想告訴他們剛剛耍了傑克森的事，可是大家現在都急著回家。那就是踢足球的麻煩之一——球賽都排在週間晚上，而且結束的時間滿晚的，這快把家長們逼瘋了。

拉爾森教練拿著一大袋足球，走到他們面前。「需要搭便車回家嗎？」他問麥克跟諾拉。

「不用，謝謝，」麥克說，「我爸隨時都會到。」

大多孩子都陸續坐上轎車跟廂型車，他們在關上車門以前把鞋底沾滿泥濘的防滑釘拔掉。傑克森在停車場邊緣打開腳踏車車鎖——即使要回到相同的社區，也沒人主動邀他搭便車——騎腳踏車回家得花不少時間。

足球場只有一條路可以離開停車場，好幾輛車子在出口那裡，

排隊，準備離開。麥克往那些車裡頭看，搜尋爸爸的身影。但就是不見爸爸的蹤跡，不過麥克看見某個像哲林先生的人，那個人的頭髮豎了起來。麥克不禁想著，那個魔術師不在白兔商店的時候，會是什麼樣子，他有孩子嗎？

「你爸呢？」諾拉問，「他老是遲到嗎？」

「才不會！」麥克說，「我確定他很快就會到。」

「這就是我需要手機的原因！」諾拉說。

「你也沒有手機喔？」麥克問。這是他們兩人的共同點。麥克爸媽也還不放心給他手機。他們說，他們可不想到失物招領處去找他的手機。

「我爸媽很不科技化，」諾拉說，「他們說應該至少等我上國中再說。」

麥克納悶的是，爸爸是不是忘了要接他們。要是他忘了，他們該怎麼辦？麥克暗想。平日的足球練習在校內，可是今天比賽的地點在郊區的球場，他們真的沒辦法自己走路回家。

現在只剩幾輛車了，諾拉愈來愈擔心。「你想球場上還有人嗎？」她問，「可能會有管理員？或是可以幫忙我們的人？」

天色愈來愈暗，很難看得清楚，不過麥克沒注意到附近有其他人。不過，接著他就看到了——那是傑克森罩著陰影的身影，正騎著腳踏車繞回來。

傑克森平時並不動手打架，不過……他有那個能耐就是了，這不難想像。麥克和諾拉獨自在外頭這邊，附近只有傑克森作伴，麥克有點緊張。因為傑克森很氣那個魔術，很氣踢輸球賽，很氣自己看起來像個傻子，這些事情全加起來可能很危險，麥克真希望爸爸現在就現身。

滿月漸漸升起，在月光中，麥克注意到之前沒見過的東西。球場對面的邊緣外頭有個方形的東西，幾乎藏在樹木裡，是個小小的建築物，難道是棚子？

諾拉隨著他的視線望去，並說：「那是什麼？」

「我想可能是電話亭。」麥克說。他不知道怎麼使用它，只知道

那是超人換披風的地方。不過，電話亭裡應該有電話，麥克想。如果是這樣的話，他們就能找到他爸爸。

麥克跟著諾拉穿越過草

地，看著她打開中間連著鉸鏈的玻璃門，「耶……裡頭有電話！」她報告，「可是我想，這得付錢才能用。」

「需要多少錢？」麥克問。

「二十五分錢。」諾拉說著便走出電話亭、隨手關上門。問題來了，他們身上沒有二十五分錢，只有一張紙鈔。麥克從口袋裡拿出那張紙鈔看了看，又把它塞回口袋。

傑克森現在正騎向出口。

「我們要不要去追傑克森？」諾拉問。

「我不知道。」麥克說。他無法想像，如果他們在這個時候跟傑克森討——應該是向他「借」——那枚二十五分錢硬幣，傑克森會說什麼，搞不好可能會有人受傷呢。

「他是我們唯一的希望，」諾拉指出問題重點，「你有其他的點子嗎？」

「我爸不會忘記我們的！」麥克說。

「在電影裡，有時候人會在公共電話裡找到零錢，」諾拉想起來，「有個小孔會把多餘的錢退回，我想。我們應該試試看，碰碰運氣。」

她又走回電話亭，這時有片雲遮住了月亮。天啊，外頭一片漆黑。麥克突然覺得一涼，把雙手伸進口袋取暖。不過，口袋跟之前好像不一樣，裡頭有什麼？傳來了吭噹聲，彷彿自己隨身帶了石頭。

或是錢幣。突然間，他的口袋裡竟然有了錢幣。

麥克在口袋裡東撈西撈，抓出一整把的二十五分錢幣，一秒鐘之前原本沒有的。

諾拉走出電話亭時，發現麥克盯著自己攤開的雙手看。「怎麼了，」諾拉說，「錢幣是從哪裡來的？」

「我不知道！」麥克驚呼，「我本來只有一張紙鈔，現在有了……這些。」

錢幣是怎麼出現的？

麥克只能想到一件事：魔法。

不是他剛開始在學習的那種，而是另外一種——是哲林先生才懂的那種。

之前坐在車裡的那個傢伙很可能就是哲林先生。

可是他怎麼會知道？麥克不禁想著，他是怎麼辦到的？

說不通啊，可是又沒有其他方法可以解釋。

麥克湧現頭一次看到魔術師變戲法的感覺，這不可能吧……可是一定錯不了。

麥克原本很在意謎題跟隱藏在背後的意義，但也知道有時候這些東西並不存在。

有時候事情怎麼樣，你就是要照單全收。

有時候你必須停止問問題，在事情變得很怪以前，趕緊打電話給爸爸。

麥克一腳踏進電話亭的當下，他爸爸的車開進了停車場。

這時，另一朵雲掠過燦亮的月亮。

這時，他注意到玻璃上閃著兩個字……

相信。

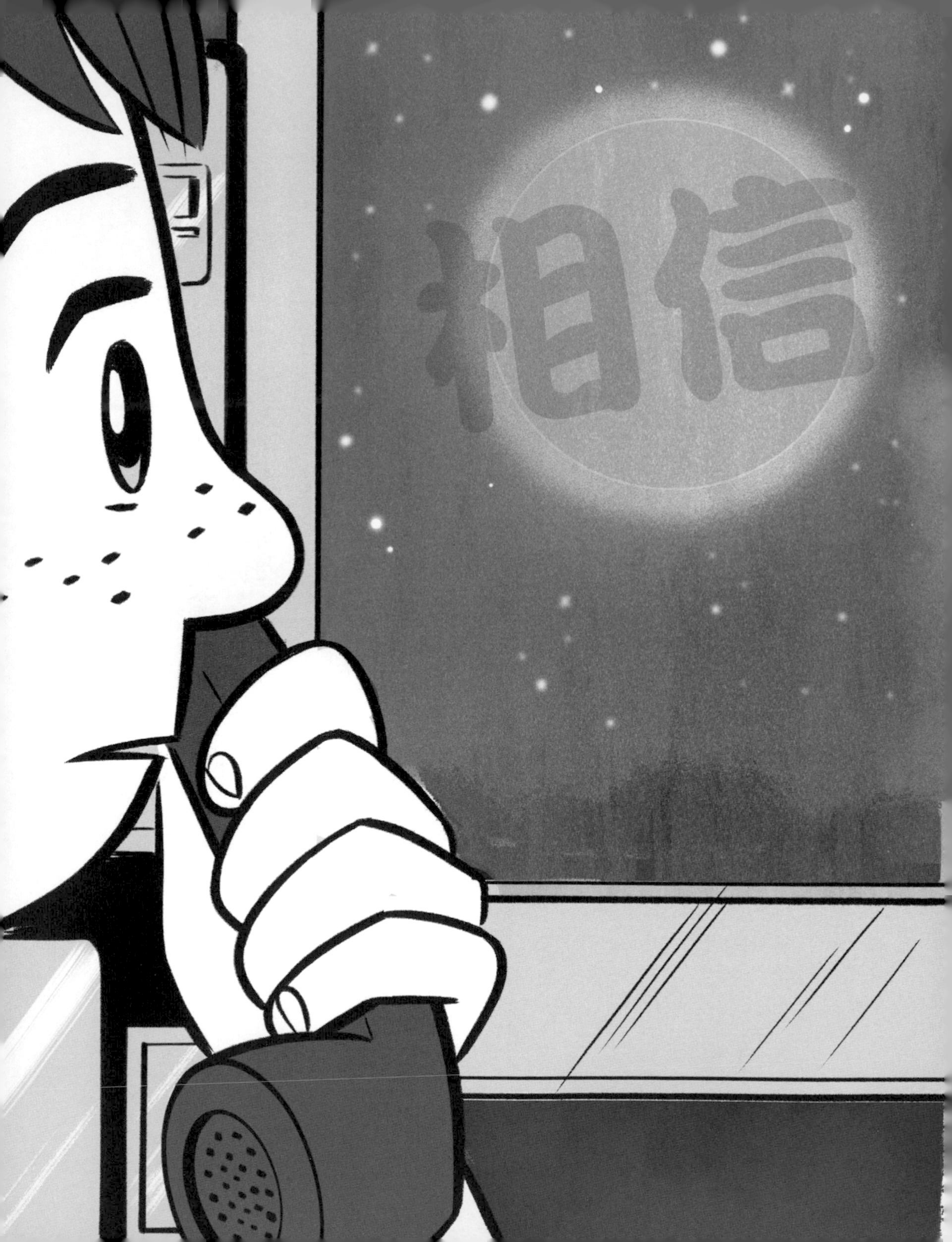
相信

千萬別被魔術蟲咬到，因為沒有解藥……

◎文／國立彰化師範大學中等教育階段數學領域教學研究中心師培講師、
二岸魔數數學教育機構執行長　莊惟棟

人生第一次遇見魔術蟲，是爺爺手上的硬幣。每當我胡鬧或是無聊、甚至哭泣，爺爺的硬幣魔術總是令我百看不厭，魔術瞬間安撫我的情緒，吸引我的眼球，引發探究好奇的學習心！

直到我國三那年，我練就紙牌魔術，都是為了博他一笑、我享受著爺爺問我祕密、爺孫倆開懷大笑的時光，就像小時候他教我硬幣魔術一樣的歡樂，我恨不得那些時間可以暫停，因為死神如同醫生的預言，正一步步的靠近！

第一次被魔術蟲咬到是爺爺抓來的「蟲」，對學習魔術有信心更是因為爺爺這位好觀眾，對於教學上的熱忱與耐心亦是博學多聞的爺爺引導我，道理要慢慢說、有條理的說，才能把意義好好傳達給聽者。有人問我：「魔術蟲咬到會痛嗎？是什麼感覺？」其實魔術蟲是一種比喻，魔術圈的人為了探究更多的魔術知識與技術，會廢寢忘食的花時間、精力、金錢在魔術專研上，因為魔術的知領域無窮無盡！這種愛上一個智慧而專注的學習，正是我們追求的最高教育境界──自學力。

很多的魔術結合許多學科，自然科的光學、化學、機械；亦有音樂的專業應用、影像剪輯；而我最喜歡的撲克牌更是魔術中有數學、數學中更有魔術存在！在表演上，更需說故事的語文能力、人文歷史素養，這方面的翹楚首推國際大師劉謙先生，他的表演已經結合迦納博士的八大智能領域，表演深植人心，更有特教教師發現這樣的特別功能，用於治療與教學之中，可見魔術本質的浩瀚與深情。

一般人沒什麼機會被魔術蟲咬到，但是神奇的童書「魔術專賣店」是讓孩子被魔術蟲咬到的好書，裡面的故事不說教、淺白的道理配上逗趣的劇情，讓孩子潛移默化中學道理也學魔術！作者麥克・連本身就是一位魔術師，對於專業的素養必定招招來勁，令我驚豔的更是他故事的鋪陳細膩，每招簡單易學的魔術更是驚喜連連，孩子必定獲得成就感，從表達力、數學力與自學力，都將有特別的收穫！

如果您以為書中魔術是小朋友的小魔術，那可是天大的誤會啊！比如第二集《驚人的旋轉手臂》裡那神奇的轉手臂魔術，是知名魔術師大衛布萊恩（David Blaine）在Street Magic Show的經典絕活，當年在魔術圈蔚為風潮的一個厲害魔術，本書就有收錄其中呢！話說回來，這個魔術不會太難嗎？

這點真的要佩服作者的貼心了，作者把原本稍專業而困難的魔術，做了一些更動，例如原本的硬幣手法改成不需要手法，正是貼心的適性教學！

準備好被這套書的魔術蟲咬到了嗎？

我先提供一個「魔數」讓大家享受魔術蟲咬到的樂趣！

現在，先透過書上的文字隔空變魔術吧！

請拿出計算機……

在心裡想 1-9 其中一個數字

乘以 2（按等於）

＋5（按等於）

×50（按等於）

＋1768（按等於）

－出生的西元年（按等於）

經過隔空的感應，我已讀取你的心思，並藉由計算機告訴你！

最左邊的數字就是你一開始想的數字

最右邊的數字就是你現在的年紀

我想，現在也可以跟爺爺說，我也會抓魔術蟲咬人了，這輩子最幸運的就是當您的孫子，讓魔術蟲咬到。記得您離開的那一天，我握著那枚硬幣在外面淋雨，因為大人們說：「不可以哭得太明顯，爺爺捨不得走！」今天，看了這本書的故事，想起您的魔術蟲，為什麼天空沒有雨，但是我臉上的雨滴，一直停不下來？

魔術專賣店 1

消失的錢幣

作者｜凱特・依根 & 魔術師麥克・連
插圖｜艾瑞克・懷特
譯者｜謝靜雯

責任編輯｜楊琇珊
封面設計｜蕭雅慧
電腦排版｜中原造像股份有限公司
行銷企劃｜高嘉吟

發行人｜殷允芃
創辦人兼執行長｜何琦瑜
總經理｜王玉鳳
副總監｜張文婷
版權專員｜何晨瑋

出版者｜親子天下股份有限公司
地址｜台北市 104 建國北路一段 96 號 11 樓
電話｜（02）2509-2800　傳真｜（02）2509-2462
網址｜ www.parenting.com.tw
讀者服務專線｜（02）2662-0332 週一～週五：09:00~17:30
讀者服務傳真｜（02）2662-6048
客服信箱｜ bill@service.cw.com.tw
法律顧問｜瀛睿兩岸暨創新顧問公司
總經銷｜大和圖書有限公司　電話：（02）8990-2588

出版日期｜ 2018 年 8 月第一版第一次印行
定　　價｜ 280 元
書　　號｜ BKKCJ053P
I S B N ｜ 978-957-503-003-2（平裝）

訂購服務
親子天下 Shopping ｜ shopping.parenting.com.tw
海外 ・ 大量訂購｜ parenting@service.cw.com.tw
書香花園｜台北市建國北路二段 6 巷 11 號　電話（02）2506-1635
劃撥帳號｜ 50331356 親子天下股份有限公司

親子天下 Education・Parenting Family Lifestyle
www.parenting.com.tw

國家圖書館出版品預行編目 (CIP) 資料

消失的錢幣 / 凱特. 依根 (Kate Egan)、麥克. 連 (Mike Lane) 作 ; 艾瑞克. 懷特 (Eric Wight) 插圖 ; 謝靜雯譯. -- 第一版. -- 臺北市 : 親子天下, 2018.08
168 面 ;17x21 公分. -- (樂讀 456 ; 53)(魔術專賣店 ; 1)
注音版
譯自 : The vanishing coin
ISBN 978-957-503-003-2(平裝)

874.59　　107012190